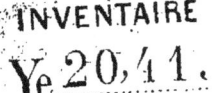

QUELQUES PAGES

DE LA VIE DU CHRÉTIEN

DANS L'EXIL,

Poëme en neuf Chants, suivi des

CHANTS D'UNE AME CHRÉTIENNE;

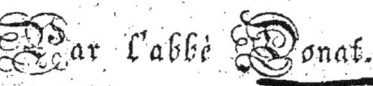

Par l'abbé Donat.

AVIGNON,

IMPRIMERIE OFFRAY AINÉ.

SOUPIRS DU CHRÉTIEN

DANS

L'EXIL DE SON PÉLERINAGE.

SOUPIRS
DU CHRÉTIEN

DANS

L'EXIL DE SON PÉLERINAGE,

POEME EN NEUF CHANTS,

Par l'Abbé BONAT.

AVIGNON,

OFFRAY AINÉ, IMPRIMEUR-LIBRAIRE.

1852.

PROPRIÉTÉ.

Probasti nos , Deus ; igne nos examinasti , sicut exami-
natur argentum ; induxisti nos in laqueum , posuisti tribu-
lationes in dorso nostro..... Transivimus per ignem et aquam.
(Psal. 65. ℣. 9. 10. 11.)

Seigneur, vous nous avez éprouvés ; vous nous avez fait
passer par le feu comme l'argent qu'on met dans le creuset:
vous nous avez laissé tomber dans le piège ; vous avez
chargé notre dos de tribulations. Nous avons passé par le
feu et par l'eau.

Tu fais l'homme , ô douleur, oui , l'homme tout entier,
Comme le creuset l'or, et la flamme l'acier,
Comme le grès , noirci des débris qu'il enlève,
En déchirant le fer fait un tranchant au glaive ;
Qui ne t'a pas connu ne sait rien d'ici bas ;
Il foule mollement la terre , il n'y vit pas.

(LAMARTINE.... *Hymne à la douleur.*)

QUELQUES PAGES

DE LA VIE DU CHRÉTIEN

DANS L'EXIL.

———————⟨⟨⟨⟩⟩⟩———————

PROLOGUE.

Viens avec moi , mon cher ami lecteur,
Viens , toi dont l'âme est sensible au malheur :
L'adversité sur la terre est commune ,
Sur tous nos pas nous voyons l'infortune.
N'entends-tu pas cette lugubre voix
Que tout mortel , sous le poids de sa croix ,
Fait retentir autour de nos demeures ?
Nous passons tous de bien pénibles heures
Sur cette route , où , dans l'adversité ,
Nous avançons vers notre éternité :
Viens avec moi contempler ce spectacle.
Pour tout comprendre admettons cet oracle :
Que nous naissons criminels et pécheurs ,
Enfants issus de prévaricateurs.
De Dieu nous vient cette dure doctrine :

Au ciel pourtant ce Dieu bon nous destine ;
Mais il nous faut dans les larmes laver
Toute souillure ; et Dieu, pour nous sauver,
Nous a donné son fils dont la sagesse
Enseigne l'homme et soutient sa faiblesse.
De ce bonheur l'esprit mauvais, jaloux,
Veut nous séduire, il veut nous perdre tous.
Ami lecteur, résistons à ses charmes ;
Il nous attaque : allons, courons aux armes,
Prions, veillons ; la force vient des cieux,
Et par la croix on est victorieux.
N'oublions pas qu'ici bas la victoire
Doit nous conduire au séjour de la gloire,
Que les soupirs, les maux et la douleur,
Nous promettent au ciel un immense bonheur.

Chant Premier.

Ecce enim in iniquitatibus conceptus sum , et in peccatis concepit me mater mea. (Psal. 50.)

Voilà que j'ai été conçu dans l'iniquité ; oui , ma conception, en s'opérant dans le sein de ma mère , s'est opérée dans le péché.

Per unum hominem peccatum in hunc mundum intravit ; et per peccatum , mors, et ità in omnes homines pertransiit in quo omnes peccaverunt.

Par un seul homme le péché est entré dans le monde ; et par le péché, la mort qui a ainsi passé dans tous les hommes par la faute de celui en qui ils ont tous péché. *(Aux Romains Ch. 5 -- 12.)*

Si quis Adæ prevaricationem sibi soli non ejus propagini asserit nocuisse..... Anathema sit.

Si quelqu'un soutient que la prévarication d'Adam n'a pu nuire qu'à lui seul et non à sa postérité, qu'il soit anathême. *(Concile de Trente. Sess. 6. Ch. 2.)*

Talis fuit puritas Beatæ Virginis , quæ à peccato originali et actuali immunis fuit.

La pureté de la Bienheureuse Vierge Marie a été telle , qu'elle fut exempte du péché originel et de tout péché actuel. *(St. Thomas d'Aquin.)*

Je vais chanter l'exil , Marie , inspire-moi :
Tu parus à la vie exempte d'une loi
Qui nous précipita dans un affreux abîme.
Ah ! que ton cœur est pur ! que ton âme est sublime !
Elève jusqu'à toi mes timides accens,
Et d'un sincère amour daigne accepter l'encens.

Ressentant dans son sein la torche incendiaire,
Adam ose porter une main téméraire
Sur le fruit défendu : que de maux, à la fois,
Ses descendants et lui pressèrent de leur poids !
Honteusement chassé du séjour des délices,
Soumis par son arrêt à tous les sacrifices,
La tristesse dans l'âme et les pleurs dans les yeux,
Il se vit dans l'exil, coupable et loin des cieux.
En sortant, des malheurs la nombreuse cohorte
S'attache à lui. Partout où son regard se porte,
Se dresse devant lui la malédiction,
Et dans son âme il sent la tribulation.

O terre, sois maudite, a dit l'Etre suprême :
Et notre chair, dès lors, de ce triste anathême
    Ressentit les terribles coups :
De la terre elle avait tiré son origine ;
Comme elle, étant l'objet de la faveur divine,
    Elle le fut de son courroux.

Notre chair pour le bien se sent depuis stérile ;
Elle produit la ronce où glisse le reptile :
    En elle il n'est point de vigueur.
L'épine de son dard nous pique et nous tourmente,
Que l'homme est malheureux ! le mal présent le tente
    Et compromet tout son bonheur.

Contemplez avec moi cette barque fragile
Que sur la vaste mer nous montre l'Evangile :
    A peine elle a quitté le port ;
L'orage la surprend, l'abîme gronde et s'ouvre,
Et la vague en courroux de sa lame la couvre :
    La barque cède à tout effort.

Notre âme est dans son corps comme sur un navire :
Une vague la pousse, un abîme l'attire :
    Elle aperçoit partout l'écueil.
Elle éprouve souvent la tempête et l'orage :
L'onde qui la pénètre annonce le naufrage,
    Et tous ses jours sont jours de deuil.

Les eaux de la douleur comme un torrent jaillissent,
La barrière est levée ; elles nous envahissent :
Nul ne peut éviter leur vaste tourbillon,
Triste fruit, en naissant, de la rébellion.
Oh ! que d'impuretés souillent notre naissance,
Et troublent du bonheur la douce jouissance !

Dans un réduit obscur, solitaire palais
D'où le ciel a banni ses antiques bienfaits,
L'hymen invoque une âme, à l'ombre du mystère,
A s'unir à l'objet que sa puissance opère.
A l'œuvre créatrice assiste la pudeur,
A qui même un zéphyr inspire la terreur :
Elle prête aux échos une oreille attentive,
Remplit les environs de son âme craintive ;
Et la religion de son bras tout puissant
Repousse le désordre et le vice arrogant.
Satan de la pudeur trompe le vigilance,
De la fille du ciel arrête la puissance,
Il prépare en secret son funeste poison,
Et, quand l'heure est venue, il sort de sa prison.
Il monte, et tous ses pas révèlent l'insolence :
Son orgueil en blasphème exhale sa jactance :
Il insulte le Dieu qui lui forge des fers ;

Il adresse aux mortels ses sarcasmes amers ;
Il tressaille et sa joie augmente son délire :
Un sujet parmi nous va grossir son empire.
Pour lui , n'est-ce donc pas un insigne bonheur
De ravir un sujet à son puissant vainqueur ?
Il apporte le sceau dont sa main exécrable
Veut graver sur son front la marque ineffaçable.
Oui , c'est un fils d'Adam : victoire, c'est assez :
Mortels , courbez le front , tremblez et rougissez.

Le voilà parvenu dans ce secret asile ,
Où la vie en travail fait son vase d'argile.
O ciel ! arrête donc ce cruel ennemi !
Que de ton sein nous vienne un bienfaisant ami !
Michel , vois de nouveau ton terrible adversaire !
Viens étendre sur nous ton aile tutélaire !
Fais briller à ses yeux ce glaive menaçant
Qui vengea le très-Haut : viens sauver son enfant !
Que dis-je , son enfant ! Dieu n'est plus son partage ;
Nous avons tous perdu son illustre héritage :
Un crime s'est commis , et , du ciel exilés ,
Sous ses pieds le démon nous a toujours foulés.
Il vient en ce moment exercer le domaine
Qu'il a jadis conquis sur la nature humaine.
J'entends déjà frémir sa formidable voix ,
Voix qui proclame au loin ses redoutables lois :
O mortels ignorés , ô superbes monarques ,
Vous êtes mes sujets , vous en portez les marques.
La nature pourtant a , d'un doigt merveilleux ,
Façonnant son ouvrage , atteint le terme heureux.
Dieu commande au néant : sa parole féconde ,

Qui , dans six jours créa les beautés de ce monde ,
Fait jaillir un esprit qui , pour tendre à sa fin ,
Doit unir à la chair son immortel destin.
Des mains de son auteur l'âme sort toute pure ,
Plus belle qu'un soleil , sans tache et sans souillure.
Elle vient dans le corps : un habitant des cieux
L'accompagne et la guide en ces terrestres lieux :
Sur la terre il sera son conducteur fidèle ,
Son ami , son conseil , sa garde et sa tutelle.
Le voyage achevé , l'ange doit aussitôt
Ramener vers son Dieu son précieux dépôt :
Disposé , si le maître et le veut et l'ordonne ,
A suivre un autre esprit qu'à sa conduite il donne.
La vertu du très-Haut va former l'union.
Quelle source de biens sans la contagion !
Mais l'esprit infernal , jaloux de sa puissance ,
Se prépare à troubler cette heureuse alliance.
Il ouvre ses poisons , dont les flots abondants
Remplissent tout le corps de leurs feux dévorants.
C'est ainsi que la vie , à sa première aurore ,
Voit s'ouvrir sur l'enfant la boîte de Pandore.
Le corps devient alors le réceptacle affreux
Présentant du péché les traits les plus hideux ;
Et l'âme , en se plongeant dans ce cloaque ignoble ,
Perd de son créateur la marque la plus noble :
Elle épouse le crime en épousant la chair ;
Dans le mal avec elle elle marche de pair.
Nous sommes en naissant des enfants de colère ;
Dieu porte contre nous l'arrêt le plus sévère.
Sur nos yeux affaiblis s'étend un noir bandeau ,
Et de la vérité s'obscurcit le flambeau.

Dans ses bras vigoureux nous étreint l'ignorance ;
Dans ses sentiers obscurs l'esprit d'erreur nous lance ;
La douce illusion, sous un masque trompeur ,
Prête un charme secret au venin de l'erreur.
L'âme sent pour le mal une pente rapide ,
Le plaisir la séduit, il l'entraîne , il la guide ;
Dès lors tombe sur l'homme un déluge de maux :
La douleur l'enveloppe en ses vastes réseaux ,
L'enfant qui naît au jour annonce sa naissance
Par un gémissement, par un cri de souffrance :
Soupir qui retentit jusqu'au bord du tombeau ,
Et qui, dans chaque jour, pousse un accent nouveau.
De nos tourments divers la nombreuse cohorte
Nous presse , nous abat , nous brise et nous emporte.
Dans ce triste séjour , oh ! que de malheureux !
Que de pleurs ! que de deuil ! que de cris douloureux !
Que de tiraillements ressent notre nature !
Que sa triste agonie et se prolonge et dure !
Qu'elle exhale d'ici de longs gémissements !
Quelle expiation ! que de durs châtiments !
Terre ingrate , en ses flancs comme elle est sillonnée !
Arche sainte autrefois , comme elle est profanée !
Palais jadis splendide , aujourd'hui dévasté !
Frêle esquif , sur les flots comme il est agité !
Tels , on voyait jadis leurs têtes couronnées
D'arbres que n'avaient pu renverser les années ,
Ces monts qui balançant, dans les hauteurs des cieux,
Leur chevelure antique , au temps de nos aïeux ,
Avaient avec orgueil affronté les orages
Et traversé les ans sous leurs épais ombrages :
La foudre un jour éclate et le feu dévorant

Dépouille ces hauteurs , tout en les ravageant.

Quel talent ne doit pas posséder un pilote
Pour conduire un vaisseau, quand sur l'abîme il flotte !
    Tantôt au firmament
Par la force des eaux le lance la tempête ;
    Tantôt , nouveau tourment ,
Dans l'abîme entrouvert un coup de vent le jette.
Qu'il soit sur l'océan , ou dans sa profondeur ,
Des vagues et des vents il doit être vainqueur.

L'homme est, nous le savons, comme sur un abîme :
    Tantôt son cœur l'élève à la hauteur sublime
      De la prospérité ,
Et tantôt dans les flots, d'un grand coup le renverse
      La rude adversité.
Que la vague l'agite , ou que le vent le berce ,
Il doit , ferme et constant , tenant les yeux ouverts ,
Triompher de l'orage et braver les revers.

Chrétien , courage ; il faut faire la guerre ;
Le temps, le lieu , tout est propre aux débats.
Mais te voilà surpris ! est-ce un coup de tonnerre
Que la voix qui t'excite aux glorieux combats ?

Je suis soldat : la trompette guerrière
Qui de l'assaut me donne le signal
Doit-elle m'étonner ? l'attaque est meurtrière ;
Pour moi , c'est le triomphe , où c'est le coup fatal.

Vois le héros sur le champ de bataille ,
Recule-t-il , lorsqu'il voit l'ennemi ?
Nous parait-il surpris au bruit de la mitraille ?
La foudre éveille en lui son courage endormi.

Vois ce mortel sur la plaine liquide :
Le cœur pressé par la soif des trésors ;
De dangers , de travaux le voit-on moins avide ,
Quand la mer le fatigue et tourmente son corps ?

Allons , chrétien , marchons à la victoire :
Sachons combattre et sachons triompher.
Aller à l'ennemi , c'est aller à la gloire :
L'incendie est en nous il le faut étouffer.

Ainsi , dans cet exil , la nature marâtre
Des combats incessants nous met sur le théâtre :
Nous disputons sans cesse à l'immense douleur
Un moment de plaisir , un reste de bonheur.
Mais qui peut soutenir de nos cœurs la faiblesse ?
Qui peut à nos efforts donner quelque hardiesse ?
Espoir , mon ferme appui , soutien de mes labeurs ,
Beau rayon dans la nuit, charme dans mes malheurs,
Viens, descends dans mon âme, adoucis mes misères;
Rends-moi de cet exil les peines moins amères.
Viens briser les liens de ma captivité :
Viens nous ouvrir les cieux , rends-nous la liberté.
O Sauveur des humains , l'humanité t'implore,
Viens dissiper la nuit qui l'environne encore !
Soleil de vérité , viens briller à nos yeux ;
Viens nous fortifier , viens remplir tous nos vœux.
Sans toi , l'homme ici bas sans remède soupire ,
Il souffre sans soutien , tout en lui te désire :
Cieux , ouvrez-vous enfin ; nuages , portez-nous
Celui dont le nom est si puissant et si doux.

Chant Second.

Sicut in Adamo omnes moriuntur, ità et in Christo omnes vivificabuntur. (1. Cor. 15. 22.)

De même que tous les hommes trouvent la mort dans la personne d'Adam, de même tous trouvent la vie dans la personne de Jésus-Christ.

Consolamini, consolamini, popule meus...... Ecce Deus vester veniet....
Deus ipse veniet et salvabit vos. (Isaias.)

Consolez-vous, consolez-vous, mon peuple, voici votre Dieu qui va venir. — Dieu lui-même viendra et vous sauvera.

Oportet pati Christum et ità intrare in gloriam.

Le Christ a dû souffrir avant d'entrer dans la gloire. (St. Luc. 24.)

Exeamus ad eum extrà castra improperium ejus portantes.

Sortons donc du camp, et allons à lui chargés de ses opprobres. (*Aux Hébreux.* 13. 13.)

Per multas tribulationes oportet nos intrare in regnum Dei.

C'est en passant par beaucoup de tribulations qu'il faut que nous parvenions au royaume de Dieu. (*Actes des Apôtres.* 14. 21.)

Beati qui lugent quoniam ipsi consolabuntur.

Bienheureux ceux qui pleurent parce qu'ils seront consolés. (*St. Matth.* 5. 5.)

Beati, qui persecutionem patiuntur propter justitiam : quoniam ipsorum est regnum cœlorum. Beati estis cùm maledixerint vobis, et persecuti vos fuerint.... Gaudete et exultate, quoniam merces vestra copiosa est in cœlis. Sic enim persecuti sunt prophetas qui fuerunt ante vos..

Bienheureux ceux qui souffrent persécution pour la justice : parce que le royaume du ciel est à eux. Bienheureux êtes vous si on vous maudit, si on vous persécute. Réjouissez-vous et tressaillez de joie ; car dans le ciel vous attend une récompense abondante. C'est ainsi qu'on a persécuté les prophète qui sont venus avant vous. (*St. Matth.* 5. 10. 11. 12.)

O ciel, quelle mélancolie
M'accable en ce triste séjour !
Dans le chagrin mon âme se replie :
Quand devrai-je, ô bonheur ! espérer ton retour !
Coulez, coulez, mes larmes,
Rien ne pourra me consoler !
Pleurs, vous avez pour moi des charmes,
Mes ris, hélas ! viennent de s'envoler !

L'homme puisait la joie aux sources les plus pures,
Et l'innocence était son vêtement :
Il tombe, et, comme lui, toutes les créatures
Ressentent cet abaissement !
Il m'a frappé ce coup terrible,
Et je sens qu'il m'a tout ravi :
Que de dégoûts, que la vie est pénible !
Aussi, regrets, douleurs m'accablent à l'envi.

J'ai contemplé, sur le pinacle,
Couvert de gloire et de splendeur,
Adam sortant heureux des mains de son auteur :
Bientôt après, quel affligeant spectacle !
Je vois ce roi déchu, sans gloire et sans honneur !
Tout a retenti de sa chute,
Et tout en portera le deuil :
Des élémens je vois la lutte,
Et pour moi j'entrevois les ombres du cercueil.

D'un trop long deuil viens enlever la trace,

Divin réparateur, arrive, hâte tes pas :
A ton aspect la nuit cède la place
Aux jours sereins : qui ne t'aimerait pas ?
Viens parmi nous, source de vie,
Et qu'avec toi paraisse l'âge d'or !
Que ton aspect qui vivifie
Ouvre à des malheureux son immense trésor :
Viens, ô Jésus, en toi j'espère encor.

Quatre mille ans avaient exhalé la souffrance :
Ces vœux et ces soupirs du monde en décadence
Entretenaient l'espoir. Le prophète inspiré
Avait, dans ses accens, du Sauveur désiré
Annoncé les faveurs. Dieu, pour ce grand ouvrage,
Avait tout, sans effort, disposé d'âge en âge.
Il voulait faire grâce au coupable mortel,
En lui donnant son fils, le grand Emmanuel.
De ses inventions l'admirable sagesse
Voulait fortifier de nos cœurs la faiblesse
En nous laissant nos maux : creuset mystérieux
Qui dompte notre orgueil et nous conduit aux cieux.
Il fallait relever notre faible nature ;
Lui laisser ses débris, effacer sa souillure ;
La laisser sous les croix, consoler ses douleurs ;
La voir pleurer toujours, mais essuyer ses pleurs :
Dans sa nuit, il lui faut un jour qui lui sourie ;
Du désert elle doit se rendre à la patrie :
Par la rédemption Dieu remplit ce dessein.

Avide de repos, un jour, j'étais au sein
Des enfans de Bruno : dans leur manoir immense

Que relèvent leurs mains , visitant en silence
Les réduits dévastés du cloître hospitalier ,
Je m'arrête surpris : dans un style ordurier ,
Une profane main sur un mur vénérable ,
Avait mis sans pudeur un écrit détestable.
Alors mon front rougit , et mon cœur indigné
Se vengea par ces mots du quatrain dédaigné :
« O murs , jadis témoins des vertus héroïques
» Qui bravèrent le monde et toutes ses fureurs ,
» Des Vandales français les excès tyranniques
» Ont en tristes débris transformé vos hauteurs.
» Sans doute , leur délire altéra votre joie :
» Mais quel jour flétrit plus votre front radieux ,
» Que ce jour, où , ce cœur, qui du vice est la proie,
» Vous fit de ses secrets l'interprète odieux ?
De l'homme , dans ces murs , je vois la triste image :
La beauté , la grandeur , étaient son apanage :
Il tombe , et son vainqueur sur ses vastes débris
Grava les traits hideux dont nous sommes flétris.
Dieu venant visiter nos ruines profondes ,
Fit couler parmi nous de salutaires ondes ,
Qui , nous purifiant et lavant notre front ,
Nous laissent le pouvoir de venger notre affront.

La sagesse incréée a daigné nous instruire :
Au ciel , par tout moyen , elle veut nous conduire :
A l'exemple elle joint de hauts enseignements ,
Pour mieux nous inspirer ses propres sentiments :
Bienheureux , dit Jésus , bienheureux sur la terre
Ceux qui cherchent le ciel au sein de la misère :
Faites-vous un trésor de votre sainteté ,

Tout passe avec le temps et tout est vanité.
Malheur à l'opulent qu'endurcit la richesse,
Qui, pour le pauvre dur, se livre à la mollesse !
Mettant tout son bonheur à beaucoup posséder,
Au royaume éternel qu'a-t-il à demander ?
Un homme était comblé des dons de l'opulence ;
Sa table et ses habits annonçaient l'abondance.
Lazare à qui le ciel avait tout refusé,
Par la faim à sa porte avait été poussé.
Ce pauvre à l'opulent étalait ses misères
Et son corps sans vigueur était couvert d'ulcères.
L'infortuné pour vivre et calmer tant de maux
Ne demandait, hélas ! que les petits morceaux
De ce pain qui tombait de la table du maître !
Ce cœur dur ne daigna jamais les lui remettre.
Les animaux gardiens de ce riche palais
De leur langue venaient lui porter les bienfaits.
Lazare meurt : au ciel le portèrent les anges.
Le riche aussi mourut : les hideuses phalanges
Des esprits infernaux vinrent le recevoir
Pour le précipiter dans leur obscur manoir.
De ce lieu de tourment au ciel voyant Lazare :
Franchissez, lui dit-il, ce lieu qui nous sépare,
Et que de votre doigt tombe une goutte d'eau
Pour appaiser ma soif en cet affreux tombeau !
Mon fils, lui répondit Abraham, sur la terre
Le Seigneur vous plaça dans un état prospère :
Lazare fut toujours au rang des malheureux :
Si vous souffrez enfin, il faut qu'il soit heureux.
Entre nous, sachez-le, règne un chaos immense,
Et Dieu ne permet pas d'en franchir la distance.

Si vous versez des pleurs , de tristesse accablés ,
Heureux , vous dit Jésus , vous serez consolés.
Le monde de la joie est toujours dans l'ivresse ,
Mais ne vous troublez pas d'être dans la tristesse.
Comme vous j'ai pleuré ; seul , j'ai porté ma croix ;
Mais mon bras de la vôtre en allège le poids.

La porte du ciel est ouverte
Au cœur qu'éprouve la douleur ,
Et qui compte pour une perte
Les jours passés loin du malheur.
Jésus le calice a dû boire
Pour passer au sein de la gloire :
Croyons qu'il est la vérité :
Croyons qu'il est l'unique voie :
Il promet la vie et la joie ,
Mais il veut la conformité.

Une Jérusalem nouvelle
Se construit au plus haut des cieux :
Pour bâtir la ville immortelle ,
La pierre est prise dans ces lieux :
Ici l'architecte la taille ,
Il la polit , il la travaille ;
Ici retentit le marteau.
Là haut , dans la cité paisible ,
Où l'on n'entend rien de pénible ,
On ne se sert pas du ciseau.

Mais pourquoi donc le divin maître
Frappe-t-il ce bloc si souvent ?

Sa main veut sans doute le mettre
A l'endroit le plus éminent !
L'œuvre alors doit être parfaite :
Il ne faut pas que l'œil souhaite
Voir plus d'éclat dans le rubis.
Plus donc le rang est honorable,
Plus le travail est remarquable :
La souffrance donne du prix.

Voyez Jésus, pierre angulaire,
Comme il rayonne de splendeur !
Mais voyez le sur le Calvaire,
Comptez les coups de sa douleur !
Chrétiens, dont la délicatesse
Se plaint au sein de la détresse,
Voilà comment il faut souffrir !
La croix n'est plus un bois infâme,
C'est un grand honneur pour une âme
De la porter et d'y mourir.

On ne façonne pas la pierre
Qui doit servir au fondement :
Ne recevant pas la lumière,
Il ne lui faut pas d'ornement.
Ainsi, l'enfant du noir abîme
Qui de Satan est la victime
Aux feux est jeté sans apprêt :
Devant habiter les ténèbres,
S'il lui faut des titres célèbres,
Il a son crime et son arrêt.

Jésus nous a sauvés en nous laissant la peine :
Il soutient son enfant qui combat dans la plaine :
Et , pour fixer en lui notre cœur incertain , .
Dans nos larmes souvent il pétrit notre pain.

Si des biens et des maux n'existait le mélange ,
L'ivresse de la vie aurait trop de douceur :
Notre cœur serait plein des délices de l'ange ,
Et nous oublierions le souverain bonheur.

Notre cœur répandrait la coupe exubérante
De ses affections sur ce palais d'un jour ,
Et la Cité d'en haut, demeure permanente ,
Ne trouverait en nous aucun reste d'amour.

Voulant de notre cœur devenir le partage ,
Le Seigneur sur nos pas a dispersé les maux :
De l'amer et du doux le tempérament sage
Elève nos désirs vers des objets nouveaux.

Quand de son nourrisson de lait toujours avide
La mère veut enfin tromper l'empressement ,
Pour lui donner le goût d'un aliment solide ,
Un suc mouille son sein désagréablement.

Ainsi sur nos plaisirs Dieu répand l'amertume :
Ce qui contriste ici nous repousse vers lui :
Nous sommes en ces lieux comme sur une enclume,
Frappés par le dégoût, la souffrance et l'ennui.

Mais dans tous nos malheurs nous avons l'espérance,
Et dans nos longs travaux nous avons l'assurance
De conquérir par eux le royaume éternel.
Le corps meurt, il est vrai, mais l'homme est immortel.

Il comprend qu'en lui brûle une céleste flamme,
Et la religion lui verse son dictame.
Pourquoi du laboureur la libérale main
Au sillon entr'ouvert jette-t-elle le grain ?
La terre doit pourtant pourrir cette semence :
S'il n'en doit rien sortir, cet homme est en démence :
Mais, non, en confiant le grain à ses guérets,
L'homme espère aux produits qu'il en a retirés.
De même, en confiant à Dieu notre souffrance,
Notre âme espère au ciel sa digne récompense.
Ainsi le comprenait celle à qui je me plais
De rendre cet hommage ; un jour je lui disais :
Vous souffrez donc beaucoup ! hélas ! fille chérie,
Apprenez maintenant ce que c'est que la vie :
La vie est un chemin de peines, de douleurs,
Où l'homme est constamment sous le poids des labeurs.
Les souffrances pourtant sont à tous nécessaires ;
Mais au chrétien surtout elles sont salutaires.
Elles donnent le sens de cette vérité :
Ce monde n'est qu'une ombre où tout est vanité.
Comme l'or, le Seigneur vous met, dans sa clémence,
Au creuset de l'épreuve ; et votre récompense
Doit sortir du creuset. Veut-on avoir du vin ?
Il faut tailler la vigne : on fait moudre au moulin
Le blé, quand on le veut avoir pour nourriture.
Dieu, pour nous rendre purs, traite ainsi la nature.
Quand le mal violent mouille de pleurs vos yeux,
Consolez vos douleurs en regardant les cieux :
L'épreuve passera ; vous êtes immortelle
Et là haut vous attend une gloire éternelle.

Bienheureux ceux qu'atteint la persécution ,
A dit encor Jésus. Quand cette oppression
Doit faire triompher les droits de la justice ,
Le ciel avec plaisir voit votre sacrifice.
Les prophètes , les Saints n'ont-ils pas avant vous
Pour leur Dieu des méchants essuyé le courroux ?
On vous maudit partout , on vous charge de crimes ;
Le ciel le veut : soyez d'héroïques victimes.
Et quand votre innocence est odieuse à tous ,
Que Dieu seul soit alors votre espoir le plus doux.
Allez sur le Calvaire et que votre œil contemple
Celui qui réunit le précepte à l'exemple :
Celui qui parmi nous du ciel est descendu
Pour pratiquer le bien , enseigner la vertu ,
Fortifier le faible et sauver le coupable.
Sa mort offre un spectacle affreux et lamentable !
Quel juste sur la terre essuya plus de maux
Pour prix de ses bienfaits et de ses grands travaux ?
On l'insulte , on l'outrage , on abreuve son âme
De ce qu'un scélérat peut mériter d'infâme !
La noire calomnie obscurcit sa vertu ;
De la haine du peuple il paraît revêtu.
Le juge en le frappant d'une injuste sentence
Semble , aux yeux des mortels , perdre son innocence;
Aux siècles à venir le montrer criminel ,
Lui , notre bienfaiteur , lui , fils de l'éternel !
On déchire son corps , et des bourreaux la rage
Ajoute à ces rigueurs outrage sur outrage.
Il est abandonné de tous ses vrais amis ;
Dieu semble le livrer à tous ses ennemis.
Le juste est mis enfin sur une croix infâme ,

Entre deux scélérats il exhale son âme ;
Et pour le distinguer des méchants , des pervers ,
Il faut que sa puissance étonne l'univers.
Quel homme à ce spectacle oserait donc se plaindre?
Chrétiens, dans le malheur vous n'avez rien à craindre.
Réjouissez-vous donc : à l'homme vertueux
S'il souffre , Jésus dit : vous êtes bienheureux :
Et dans le ciel ma main, pour prix de vos souffrances,
Vous prépare déjà de grandes récompenses.

Chant troisième.

Et circuibat Jesus totam Galilæam, docens in synagogis eorum et prædicans evangelium regni : et sanans omnem languorem et omnem infirmitatem in populo. Et abiit opinio ejus in totam Syriam, et obtulerunt ei omnes malè habentes variis languoribus, et tormentis comprehensos, et qui dæmonia habebant, et lunaticos, et paralyticos, et curavit eos.

Et Jésus parcourait toute la Galilée, enseignant dans les synagogues, prèchant l'Evangile du royaume, et guérissant toute langueur et toute infimité parmi le peuple. Et sa réputation se répandit par toute la Syrie, et on lui présenta tous ceux qui étaient malades, et affligés de diverses sortes de maux et de douleurs, des possédés, des lunatiques, des paralytiques, et il les guérit. *(St. Matth. Chap. 4. 23. 24.)*

Multa turba à Galilæâ et Judæâ secuta est eum, et ab Jerosolymis, et ab Idumæâ, et trans Jordanem : et qui circà Tyrum et Sidonem, multitudo magna, audientes quæ faciebat, venerunt ad eum..... Multos enim sanabat ità ut irruerent in eum ut illum tangerent quotquot habebant plagas. Et spiritus immundi, cùm illum videbant, procidebant ei et clamabant dicentes : Tu es filius Dei.

Une grande multitude de peuple le suivit de Gallée et de Judée, de Jérusalem, de l'Idumée, et d'au-delà du Jourdain : et ceux des environs de Tyr et de Sidon, ayant ouï parler des choses qu'il faisait, vinrent en grand nombre le trouver. Car, comme il en guérissait plusieurs, tous ceux qui avaient quelque mal se jetaient sur lui pour le toucher. Et quand les esprits impurs le voyaient, ils se prosternaient devant lui, et s'écriaient : vous êtes le fils de Dieu. *(St. Marc. 3. 7. 8. 10. 11.)*

Amplùs admirabantur, dicentes : Benè omnia fecit, et surdos fecit audire et mutos loqui.

On l'admirait de plus en plus, et on disait : il a bien fait toutes choses, il a fait entendre les sourds et parler les muets. *(St. marc. 7. 37.)*

Pei transiit benefaciendo et sanando omnes oppressos à diabolo : quoniam Deus erat cum illo.

Il a passé en faisant du bien et en guérissant ceux qui étaient tourmentés par le démon : car Dieu était avec lui. *(Actes des apôtres. 10. 38.)*

Du genre humain Jésus se montre le docteur,
Des mortels malheureux il est le bienfaiteur,
Et tout en expliquant sa céleste doctrine,
Il applique à nos maux sa docte médecine.
Or, comme nous l'apprend le livre du chrétien,
Il passa parmi nous en opérant le bien.
A son pouvoir divin, à son cœur débonnaire,
Aucune infirmité ne pouvait se soustraire.
Il avait tant d'amour pour tous ceux qui souffraient!
Pour être soulagés à lui tous recouraient.

Mon fils malade est sur le point de rendre
Son dernier souffle : hâtez-vous de descendre.
Ainsi priait un officier royal :
Et d'un seul mot Jésus guérit le mal.
Allez, dit-il, soyez en assurance,
Votre fils vit : croyez en ma puissance.
Cet officier et toute sa maison
A la foi du Sauveur soumirent leur raison.
La parole par qui furent créés les mondes
Se plaisait à chasser tous les esprits immondes.

Capharnaüm vit arriver un jour
Celui que l'Ecriture appelle la Messie.
Il guérissait, il prêchait tour à tour,
En tout il se montrait le maître de la vie.
C'était alors le saint jour du sabbat,
Il expliquait en maître sa doctrine ;

Tous admiraient sa parole divine ,
Quand d'une voix on entendit l'éclat :
Jésus de Nazareth , laissez-nous donc tranquilles ?
Que peut-il exister de commun entre nous ?
A nous perdre sitôt vous disposeriez-vous ?
Ah ! ne nous chassez pas de ces humains asiles ,
Vous êtes , je le sais , le Saint , le Fils de Dieu.
Tais-toi , lui dit Jésus , et sors , je te l'ordonne.
Le démon , à sa voix , sa conquête abandonne
Et de la Synagogue il la jette au milieu :
Il ne fit aucun mal à cet énergumène :
Tous , en voyant cela , furent épouvantés :
Que cet homme est puissant ! à tout esprit obscène
Il commande ; à l'instant, tous font ses volontés !
Et son nom retentit dans toutes les cités.
Ce même jour, Simon lui fit une supplique :
Sa belle mère avait une fièvre critique,
Or , Jésus s'approchant , la saisit par la main ,
Et la fièvre, à sa voix l'abandonna soudain.
La malade se lève , et dans sa gratitude
Lui prépare un festin avec exactitude.

A ses genoux on vit un lépreux accourir :
Seigneur , si vous voulez , vous pouvez me guérir.
Jésus étend la main et dit : oui , je désire
Que vous soyez guéri. La lèpre se retire.

A d'auditeurs nombreux il donnait un discours :
En dehors , un malade implorait son secours.
Il fallait écarter cet auditoire avide ;
Mais tous les rangs pressés ne laissaient aucun vide.

Auprès du médecin ne pouvant arriver ,
On pensa qu'il fallait sur le toit l'élever.
Pour descendre le lit on fit une ouverture ;
Et Jésus admirant leur foi dans la mesure :
Mon fils , tous vos péchés sont déjà pardonnés.
Plusieurs de ce langage en secret étonnés ,
Le Sauveur ajouta : lequel est plus facile ,
A votre avis , de dire à cet homme débile :
Vos péchés sont remis , ou , levez-vous , marchez !
Or , sachez-le , je puis remettre les péchés :
Ceci va le prouver : Marchez , paralytique ,
Rendez aux spectateurs ce miracle authentique.
Cet homme se levant emporta son grabat ,
Et le nom de Jésus eut encor plus d'éclat.

Un malade gisait aux portes de Solyme :
Depuis trente-huit ans l'infirmité l'opprime :
Il attend sur son lit qu'un ange , de nouveau ,
Descende au réservoir pour en agiter l'eau.
Le premier qui glissait alors dans la piscine
Guérissait de tout mal , par la vertu divine.
Voulez-vous , dit Jésus , obtenir la santé ?
— Seigneur, toujours quelqu'un dans l'onde s'est jeté
Avant que je descende et je ne vois personne
Qui pour vite arriver quelque secours me donne.
— Je veux que ma vertu se manifeste en vous ,
Dit Jésus , emportez votre lit , devant tous.

Il aperçoit un jour dans la foule attentive ,
Que dans la Synagogue en prêchant il captive
    Un homme au bras perclus.

Sa main , comme un bois mort , était flétrie , aride ,
N'ayant plus pour sa vie un reste de fluide.
    Dressez-vous , dit Jésus ,
Etendez votre main ; qu'elle devienne saine.
Les pharisiens jaloux , dissimulant leur haine ,
    Sortirent tout confus.

Dans tout Capharnaum , un surprenant miracle
Mit d'un centurion la conduite en spectacle.
Vivement affligé de voir son serviteur
Aux portes de la mort , il crut , dans sa douleur ,
Que Jésus dont le peuple admirait la puissance ,
Et dont on annonçait en ce jour la présence
Dans la cité , pourrait de cette guérison
Accorder le succès. — J'irai dans sa maison ,
Dit Jésus aux amis qui formaient l'ambassade ,
Et je rétablirai la santé du malade.
Non , dirent ses amis , faisant parler sa foi :
Je ne mérite pas que vous entriez chez moi :
Qu'un seul mot , à l'instant sorte de votre bouche ;
Mon serviteur guéri descendra de sa couche :
Car , tout vous obéit comme à moi mes soldats.
La foi de l'officier eut d'heureux résultats.

Le jour suivant on vit un prodige célèbre :
Il sortait de Naïn un cortège funèbre :
Une mère affligée et dans un second deuil ,
D'un pas triste , suivait de son fils le cercueil :
Ce fils était le seul objet de sa tendresse ,
Son époux occupait encore sa tristesse.
Hélas , qui pourra donc désormais consoler

Une douleur qu'un fils vient de renouveler ?
Le Seigneur a compris la douleur maternelle :
Ne pleurez point, dit-il, en passant tout près d'elle.
Il touche le cercueil : on s'arrête : c'est moi,
Oui, c'est moi qui le dis : jeune homme, lève-toi.
Soudain, on vit le mort, ô prodige admirable,
S'asseoir et publier ce bienfait remarquable.
Devant tant de témoins tout saisis de stupeur,
La mère le reçut de la main du Sauveur.

On vint, une autre fois, conduire en sa présence
Un homme qu'un démon tenait en sa puissance :
Cet homme était aveugle et ne pouvait parler.
Le démon fut forcé de ne plus le troubler :
Ses yeux furent ouverts, sa langue déliée,
Et par lui du Seigneur la gloire publiée.

Dans des tombeaux creusés dans le rocher,
Un possédé choisissait sa demeure.
On ne pouvait par des fers l'attacher :
Sa force était toujours supérieure
A tout obstacle : et son corps indécent
Ne pouvait pas souffrir de vêtement.
De ses clameurs ces cavernes obscures
Retentissaient. De nombreuses blessures
Apparaissaient sur ses membres meurtris.
Il vit Jésus, et, poussant de grands cris,
Il accourut à ses pieds ; il l'adore :
Fils du très-Haut, quels sont donc nos rapports?
Nous vous prions de nous laisser encore...
Esprit impur, sors de cet homme, sors,

Et réponds moi , car ma voix t'interroge :
Quel est ton nom ? mon nom est légion :
Laissez-moi donc ce pays où je loge ,
Ou , laissez-nous entrer en union
Avec ces porcs qu'on voit vers la montagne.
Allez ; entrez dans ces vils animaux :
Et ce troupeau , traversant la campagne ,
Va de la mer s'abîmer dans les eaux.
Deux mille porcs dans les ondes périrent :
Tous les bergers avec effroi s'enfuirent :
Toute la ville accourant à ce bruit ,
Voit l'heureux changement que Jésus a produit.

Chez moi ma jeune fille est malade , elle expire ,
Disait au doux Sauveur un juif nommé Jaïre :
Hâtez-vous et sur elle imposez votre main ,
Ce remède à mes yeux est le seul souverain.
Jésus le suivit donc , et la foule nombreuse
Venait voir opérer la main miraculeuse.

Depuis douze ans une femme éprouvait
    Une perte sanguine ;
Et son état pire encore se trouvait
    Malgré la médecine.
Elle avait dépensé son bien
    Et n'était soulagée en rien.
Elle écartait la foule par derrière ,
Sa vive foi lui servait de prière ,
    Car , disait-elle intérieurement :
Si je pouvais toucher son vêtement
De tout mon mal , oui , je serais guérie :
Dieu couronna sa pieuse industrie.

Jaïre vit alors à lui des gens venir :
« Votre fille n'est plus, nous l'avons vu mourir. »
Jésus le rassura : n'ayez aucune crainte,
Et de se retirer la mort sera contrainte :
Croyez en mon pouvoir. Entrant dans la maison,
Il n'admit pour témoin de cette guérison
Que Pierre, Jacques, Jean, et le père et la mère,
Et la foule s'écarte à son ordre sévère.
Il arrive à la chambre où cette fille était.
Il la prend par la main ; tout le monde attendait :
Lève-toi, jeune fille ! et ce corps ressuscite,
Se lève, marche et mange. On l'annonce de suite.

Deux aveugles criaient : Ayez pitié de nous,
Fils de David : Jésus s'arrêta : Croyez-vous
Que ma main puisse ouvrir vos yeux à la lumière ?
Nous le croyons, Seigneur, et d'une foi sincère.
Alors Jésus leur dit en leur touchant les yeux :
Selon que vous croyez contemplez donc les cieux.

Ayez pitié de moi, ma fille énergumène,
Dit encore à Jésus une chananéenne,
Est sans cesse livrée à de cruels tourments.
— Je me dois à mon peuple et non à vos enfans,
Répondit le Sauveur.—Seigneur, souffrez encore
Qu'à vos pieds je me jette et que je vous implore :
Secourez-moi, Seigneur, — dois-je jeter au chien
Le pain de mes enfans ? non, je le comprends bien,
Dit l'humble femme alors ; pourtant le chien ramasse
Ce qu'un maître à la fin lui jette de sa place.
Femme, de votre foi que le mérite est grand !

Votre fille est guérie , un Dieu bon vous l'apprend.

Un homme ne pouvait ni les autres entendre ,
Ni proférer un mot pour se faire comprendre.
Jésus pour le guérir le conduit à l'écart :
Il exhale un soupir , lève au ciel son regard ,
Il enfonce son doigt dans l'une et l'autre oreille ;
Mais avant d'opérer cette insigne merveille ,
Sur la langue muette il étend avec soin
Un peu de sa salive , et lui dit sans témoin :
Ouvrez vous : Epheta. L'oreille fut ouverte ,
Et pour bénir Jésus la langue fut diserte.
La salive qui fit cet effet merveilleux
D'un aveugle bientôt ouvrit aussi les yeux.
En élevant sur lui les mains , Jésus demande
S'il distingue un objet : Mon regard appréhende ;
Car les hommes ici paraissent se mouvoir
Aussi haut que cet arbre : on pourrait mieux y voir.
Sur ses yeux , de nouveau , les mains Jésus impose ;
A voir distinctement alors rien ne s'oppose.

Aux genoux de Jésus un homme s'empressant
Lui dit : ayez pitié de mon unique enfant !
Saisi par un démon muet et lunatique ,
Il souffre horriblement sous sa main tyrannique.
Aussitôt qu'il s'apprête à s'emparer de lui ,
Il ne le quitte pas sans avoir beaucoup nui.
Il le jette par terre , il le roule , il écume ;
Quant il grince des dents sa fureur se rallume ;
Contre tous les corps durs il semble le briser ;
Vos disciples n'ont pu nullement l'apaiser.

Amenez votre fils , douce soit votre attente.
A peine a-t-il paru que l'esprit le tourmente :
Depuis quand , dit Jésus , est-il en son pouvoir?
— Depuis l'enfance , hélas , dure son désespoir !
Soulagez donc , Seigneur , un état si pénible !
A celui , dit Jésus , qui croit , tout est possible.
Oui , je crois, mais aidez mon incrédulité !
Jésus alors commande avec autorité :
Esprit sourd et muet , sors de là , je l'ordonne.
Et l'esprit en colère aussitôt l'abandonne.
En voyant du démon le violent effort ,
Plusieurs disaient tout haut : l'énergumène est mort:
Mais Jésus qui venait de dompter sa colère ,
Le guérit , le relève , et le rend à son père.

Depuis dix-huit ans , dans son infirmité ,
Une femme montrait dans toute une cité
Un corps qui s'inclinait en forme d'une voûte :
Femme , lui dit Jésus en la voyant , écoute :
Cette difformité doit aujourd'hui cesser.
Et la femme à l'instant vit son corps se dresser.

D'un riche pharisien se trouvant à la table
Le Sauveur voulut rendre à jamais mémorable
Ce court moment. En lui plusieurs voulant trouver
Quelque tort , ne cessaient en tout de l'observer.
En face du Sauveur était un hydropique :
Est-il permis , dit-il , et ce fut sans réplique ,
De guérir ce malade en un jour de sabbat ?
Il le prit par la main et changea son état.

Aveugle dès le jour même qui le vit naître

Un malheureux s'offrit à Jésus : Seigneur maître ,
Dirent à leur Sauveur tous ceux qui l'escortaient ,
Les parents de cet homme autrefois méritaient
Que leur fils en naissant fût privé de la vue ;
Ou bien , si ce n'est lui , la cause est inconnue.
Jésus dit : à vos yeux Dieu veut faire éclater
Sa bonté , sa puissance et se manifester.
Alors , de sa salive à la terre mêlée ,
De l'aveugle , au milieu de toute l'assemblée ,
Il frotte la paupière , et lui dit : dans les eaux
De Siloé va , cours te laver. A ces mots ,
Il s'empresse et bientôt il revient se montrer.
De ses yeux chacun put l'éclat considérer.

Près d'un hameau , dix lépreux rencontrèrent
Notre Sauveur et de loin lui crièrent :
Seigneur Jésus , ayez pitié de nous :
Allez , dit-il , aux prêtres montrez-vous.
Ils s'y rendaient quand leur lèpre hideuse
Leur laisse une santé toute miraculeuse.

Mon frère du tombeau n'aurait pas vu l'horreur
Si vous eussiez été présent , ô doux Sauveur !
Disait dans sa tristesse , aux pieds du divin maître ,
Marie. — Où l'a-t-on mis ? faites-le-moi connaître ?
Venez voir , lui dit-on , Jésus verse des pleurs :
Près du tombeau Jésus s'adresse aux spectateurs :
Enlevez cette pierre. — hélas , de l'ouverture
Sort une odeur infecte , odeur de pourriture !
Car depuis quatre jours mon frère est renfermé !
Dit Marthe. — Croyez-le , d'un père bien-aimé

J'obtiens , répond Jésus , tout ce que je désire,
Il élève ses yeux , en son cœur il soupire ,
Il fait entendre enfin les accents de sa voix :
Lazare , viens dehors , ô mort , cède tes droits.
Et Lazare sortit lié dans son suaire :
A deux sœurs qu'il aimait Jésus rendit un frère.

Comme de Jéricho le Sauveur approchait ,
Un aveugle entendant la foule qui marchait :
Que m'annoncent les pas de cette multitude ?
— Jésus se trouve là. — Dans cette certitude,
L'aveugle alors s'écrie : ayez pitié de moi ,
Jésus , fils de David. On lui disait : tais-toi.
Mais d'une voix plus forte il faisait sa prière.
Amenez ce mortel privé de la lumière :
Que veux-tu , dit Jésus , quand il fut arrivé ?
Ouvrez mes yeux : — Vois donc, car ta foi t'a sauvé.

Deux aveugles , dont l'un se nommait Bartimée ,
A la foule autour d'eux subitement formée
Demandent si Jésus attirait ce concours ;
Et chacun affirmant par le même discours ,
Ils disaient en criant : soyez-nous favorable ,
Seigneur , Fils de David. Le Sauveur charitable
Veut les voir près de lui : aveugles , levez-vous ,
Leur dirent les passants , courez à ses genoux.
Eux jettent leurs manteaux dans leur course légère :
Que faut-il , dit Jésus , qu'à votre égard j'opère ?
Seigneur , ordonnez donc que nos yeux soient ouverts:
Leurs yeux voient à l'instant le Dieu de l'univers.
Quand , dans Gethsémanie , de Judas le cortége

Eut porté sur Jésus une main sacrilége ,
Simon saisit son glaive , et l'ardent défenseur
En frappant , du grand prêtre atteint un serviteur.
Il s'appelait Malchus. Or , Jésus dit à Pierre :
N'employez pas pour moi cette arme meurtrière :
L'esprit qui nous anime est un esprit nouveau :
Simon , que votre glaive entre dans son fourreau :
Laissez-dormir l'épée , et que votre loi veille :
Et de Malchus blessé Jésus guérit l'oreille.
De Jésus , on le voit , la vie est un tissu
De bienfaits ; quel secours la terre en a reçu !
Sa parole du ciel apporte les oracle ;
Sa grâce du salut enlève les obstacles ;
Sa main est un remède à toute infirmité ;
Tout montre de son cœur l'immense charité.
Tout semble prendre enfin une nouvelle vie :
Sans l'épreuve , on croirait être dans la patrie.

Chant Quatrième.

Quantas ostendisti mihi tribulationes multas et malas, et conversus, vivificasti me, et de abyssis terræ iterum reduxisti me. Multiplicasti magnificentiam tuam ; et conversus, consolatus es me. (Ps. 70.)

Combien de tribulations m'avez-vous fait voir ! qu'elles ont été multipliées et cruelles ! mais vous vous êtes retourné vers moi ; vous m'avez rendu la vie et vous m'avez rappelé des abîmes de la terre. Vous avez multiplié les dons de votre libéralité ; vous vous êtes retourné vers moi, et vous m'avez consolé.

Vita hæc, vita misera, vita caduca, vita incerta, vita laboriosa, vita immunda, vita domina malorum, regina superborum, plena miseriis et erroribus ; quæ non est vita, sed mors ; in quâ momentis singulis morimur, per varios mutabilitatis defectus diversis generibus mortium.

Cette vie, est une vie assujettie à toutes sortes de misères, à la fragilité, à l'incertitude, aux labeurs, une vie où l'on contracte des souillures, où l'on voit les maux dominer, l'orgueil régner en souverain, vie pleine d'infortunes et d'erreur ; une telle vie mérite plutôt le nom de mort : car à tout moment nous mourons de divers genres de mort par tout ce que nous enlèvent les divers changements auxquels notre condition nous soumet. *(St. Augustin.)*

Quid sum ego ?... Nunc gaudeo, statim tristor : nunc vigeo, jam infirmor ; nunc vivo, statim morior : nunc felix appareo, jam miser : nunc rideo, jam fleo : sicque omnia mutabilitati subjacent, ut mihi vix una hora in uno statu permaneat. Hinc timor, hinc tremor ; hinc fames, hinc sitis ; hinc calor, hinc frigus ; hinc languor, indè dolor exuberat : subsequitur his importuna mors quæ mille modis quotidiè miseros homines inopinatè rapit... Et nunc super hæc omnia magna miseria, quia cùm nihil sit certius morte, ignorat tamen homo finem suum et cùm stare putat, colliditur et perit spes ejus.

Et moi, que suis-je ? Tour-à-tour je passe de la joie à la tristesse ; de la santé, à la maladie ; et à peine ai-je vécu qu'il me faut mourir : un moment je semble être heureux, l'instant après je suis plongé dans l'infortune ; je ris main-

tenant, bientôt je pleure : J'éprouve des vicissitudes telles
qu'à peine je me vois une seule heure dans le même état. Je
me vois livré à la crainte, à la frayeur, à la faim, à la soif,
aux rigueurs de la chaleur et du froid, aux ennuis et à la
douleur qui m'accable : le terme de tout cela c'est la mort
importune qui chaque jour enlève inopinément et de mille
manières les malheureux mortels... Et ce qui est encore
plus déplorable, c'est que tandis que rien n'est plus certain
que la mort, l'homme ignore toutefois cette heure fatale ;
et à l'instant où il se croit ferme, il est renversé et toutes
ses espérances périssent avec lui. (*St. Augustin.*)

Chaque pas que l'on fait sur la terre d'exil
Nous fait souvent trouver la mort ou le péril :
L'infortune partout nous montre son visage,
Et de l'adversité nous voyons le nuage :
Notre pied, chaque jour, heurte contre un écueil :
Nous répandons des pleurs, nous vivons dans le deuil.
Non, il n'est point d'écho qui ne dise la plainte
De quelque malheureux ; non, il n'est point d'enceinte
Qui ne renferme, hélas, les pénibles secrets
D'un chagrin qui s'échappe en soupirs indiscrets !

    Au pied de la croix solitaire
    Où l'amour conduit la douleur,
    Sur une pierre tumulaire
    Une mère épanche son cœur :
    Dieu Sauveur, recevez mes larmes
    Que voit le jour sur son déclin :
    Pour moi la douleur a des charmes,
    Mon enfant est mort ce matin.

Ange de paix , dors sous ta tombe ,
Car ta mort n'est qu'un doux sommeil :
Sous le deuil ta mère succombe ,
Son œil fuit l'éclat du soleil.
Sur mes bras quand pourrai-je encore
Contempler ton souris divin ?
Mais quoi !... Grand Dieu , je vous adore
Mon enfant est mort ce matin.

Ainsi pleure l'infortunée :
On la vit , pendant plus d'un mois ,
A la fin de chaque journée ,
Le front courbé près de la croix.
Au lever d'une froide aurore
Elle y termine son destin :
Sa faible voix murmure encore
Le nom de son cher Augustin.

O Mère , hélas ! que l'infortune accable !
Mon bras enfin ne peut plus te nourrir ,
Disait un fils d'un accent lamentable ,
Pour toi , s'il faut , ton fils saura mourir.
De toi je tiens cette dure existence :
Tu n'as connu pour moi que la souffrance ;
Se réserver , dans un si grand besoin ,
Pour ton enfant serait un crime horrible :
Te voir souffrir , est un sort plus pénible
Que de mourir , laisse moi donc ce soin !

Pour soulager ton extrême misère ,
Ton fils connait un extrême moyen :
Je vais le prendre , heureux , si pour ma mère,
Dans ses vieux jours , il en résulte un bien.

D'un criminel donne-moi l'apparence
Toi , frère aimé , qui de notre indigence
Sens la détresse ; enchaîne cette main.
Le roi promet une grande largesse
A qui pourra lui livrer , par adresse ,
Un criminel qu'il poursuit , mais en vain.

A ce dessein n'oppose pas , mon frère ,
De ton amour les ressorts impuissants !
Je veux du roi supporter la colère ,
Je veux mourir dans de cruels tourments.
Que notre mère ignore l'infortune
De son enfant , le délai m'importune :
Viens donc , mon frère , à l'instant recevoir
Du souverain le prix que sa promesse
Doit accorder à ta noble hardiesse ,
Et permets-moi d'accomplir un devoir.

Le voilà donc l'enfant du sacrifice
Entre les mains de barbares bourreaux :
On lui prépare un horrible supplice ,
Mais il est prêt à souffrir tous les maux.
Le ciel enfin protége l'innocence :
Le roi suspend sa terrible vengeance ,
Il reconnait qu'un noble dévoûment ,
Dans le danger , a poussé ce jeune homme.
Il lui remet une plus grande somme ,
Il applaudit à ce beau sentiment.

La grâce va plus loin : Pour l'Eglise chrétienne ,
Philis avait quitté d'une secte païenne
Les coupables erreurs. Dans son cœur paternel

La doctrine du Christ plonge un glaive cruel
Le Seigneur lui donna pour soutien une fille
Qui résumait l'amour d'une sainte famille :
La mort la respecta , mais le Seigneur jaloux ,
Sa mère n'étant plus , veut être son époux.
Dans ces lieux , où la paix naît de la pénitence ,
La vierge avait compris cette utile sentence :

      Ici bas le salut
      Est notre unique affaire :
      Il est seul nécessaire ,
      Et notre unique but
      Doit être le salut.
      De conquérir le monde
      Il ne nous sert de rien.
      La mort du vrai chrétien
      Est la source féconde
      Du véritable bien.

Le ciel enfin parla : sa voix se fit entendre :
A cet ordre divin, il faut, vierge, vous rendre.
Le Seigneur de sa main déjà dresse l'autel ;
Mais qui doit vous offrir ? c'est le cœur paternel.
Il vous faut dédaigner du monde les promesses
Et d'un père chéri triompher des carresses.
Venez d'un pas hardi , venez vous immoler ,
Colombe , voici l'heure où tu dois t'envoler.

Le père en pleurs , long-temps détourna le calice
Et son cœur refusa ce triste sacrifice.
Seul, vivant isolé , n'ayant aucun soutien ,
Si sa fille le quitte , il ne lui reste rien.

De sa fidèle épouse il pleure encor l'absence
Mais ce dernier adieu trouble son existence.
Son amour exhala de pénibles sanglots :
Enfin sa voix triomphe et s'exprime en ces mots :
Venez entre mes bras , venez , fille chérie ,
Vous , par qui je tenais encor à cette vie ;
Venez , obéissez pour la dernière fois ,
Venez , peut-être alors je baiserai ma croix.
Un glaive de douleur me perce et me déchire :
Grand Dieu , daigne épurer cet amour qui soupire :
Je ne m'oppose plus à ta voix : tu le veux :
Mon cœur se montrera toujours respectueux.
Quand tu me séparas de l'épouse fidèle
Qui de toute vertu me montrait le modèle ,
Devant ta majesté j'humiliai mon front ,
Et mon consentement à tes ordres fut prompt.]
En ce jour se présente une terrible épreuve
Qui de dégoûts amers péniblement m'abreuve.
Grand Dieu , pardonne-moi si j'ai pu hésiter !
Non , je ne voulais pas avec toi contester.
Mon amour seul a pu causer cette surprise ,
Ta grâce ici triomphe et mon âme est soumise.
Reçois donc mon enfant , bénis-nous en ce jour,
Et qu'un semblable asile accueille mon amour.

Ma fille , Dieu sera votre unique partage ,
  Jésus bientôt recevra vos serments :
  A son amour votre foi vous engage :
  Que ce bon maître occupe vos moments.
  Je reconnais le sublime avantage
De n'offrir au Seigneur que des jours innocents.

Que votre âme se réjouisse :
   Sur votre sacrifice
Déja le ciel a jeté son regard.
Pendant le cours de votre vie ,
De la religion que vous avez choisie
Suivez toujours l'honorable étendard.
Il faut qu'un jour notre combat finisse :
Le Dieu que nous servons , est un Dieu de justice :
Contre nos ennemis qu'il soit notre rempart :
Donnez-vous toute à lui donnez-vous sans retard.

Sur sa lèvre , à ces mots , sa faible voix s'altère :
Une larme , soudain , roule dans sa paupière :
Il baise son enfant , la presse sur son cœur.
Par un dernier effort , comprimant sa douleur ,
Après avoir béni la vierge qui s'incline ,
Il la cède au couvent auquel Dieu la destine.
C'est là que de Jésus elle embrasse la croix :
Sa main des malheureux va soulager le poids :
Sa voix sait inspirer le repentir au crime :
La charité partout en fait une victime.
Philis de cet exil sent le poids accablant :
Privé de son appui , son pas est chancelant :
Dans sa vie il ne voit que des vicissitudes ,
Des combats , des retours et des sollicitudes.
Autrefois , à regret , du froc religieux
Il avait détourné ses pas ambitieux ;
Mais son cœur avait dit d'un langage sincère :
   Adieu , paisible monastère ,
   Ta vie austère.

Confond ma lâcheté ,
Mais je vénère
Ta sainteté.
J'emporte avec moi de ce lieu vénérable
L'immortel souvenir.
Loin de toi, je dirai : quand dans ce cloître aimable
Pourrai-je revenir !
Ce souvenir soudain vient ébranler son âme ,
Et de ses vifs désirs ressusciter la flamme :
Le vœu de son retour est enfin accompli :
Le voilà sur le seuil , et le cœur tout rempli
De généreux transports , il chante les louanges
De ceux qui dans l'exil vivent comme des anges.
Hymne qui dit au monde une éternel adieu :
C'est de là que , plus tard , il s'envola vers Dieu.
Sur son humble tombeau , lorsque de cette vie
Dieu voulut couronner la constante énergie ,
L'étranger qui venait prier sur le gazon ,
Lut long-temps avec fruit cette utile leçon :

Quelque heureux que tu sois, mortel, qu'est cette vie?
Si tu penses au ciel , la vie est un exil
Sur lequel Dieu seul peut répandre l'ambroisie :
Si tu n'y penses pas , cette vie est un fil
Qui tient, sache-le bien , suspendu sur ta tête
Un glaive menaçant : une horrible tempête
Qui trouble nos plaisirs et qui ravage tout,
Dont l'affreux tourbillon ne laisse rien debout.
Priez pour moi Philis qui , depuis mon enfance,
Résume dans ces mots soixante ans d'existence.

Abraham , dit un jour le Dieu de l'univers ,
Prends ton fils , oui , ce fils objet de ma promesse
Sur qui ton cœur répand les flots de sa tendresse
    Ne suis-je pas Jehovah que tu sers ?

Sois fidèle , soumis et prépare le bois :
En ce jour , tu me dois offrir un sacrifice :
Ma main est avec toi , je te serai propice
    Si constamment tu veux suivre mes lois.

Tu graviras le mont que je te montrerai ,
Tu dresseras l'autel , tu mettras la victime ,
Tu saisiras le glaive et ton bras magnanime
    M'immolera ton fils — j'obéirai. —

Abraham , en effet , obéit à son Dieu :
Le voilà sur le mont , et le bucher se dresse :
Son œil laisse tomber la larme de tendresse :
    Reçois, mon fils , un paternel adieu !

Et ce fils tant aimé , sur le bois étendu ,
Attend le coup fatal qui doit trancher sa vie :
Il s'offre à l'éternel comme une pure hostie :
    Au Dieu du ciel le sang d'un fils est dû.

Abraham prend le glaive , il élève le bras ,
Dès lors du sacrifice il obtint le mérite :
Son fils sera le chef du peuple Israélite.
    Son Dieu l'arrête : Isaac tu vivras.

Un de ses descendants élevé sur le trône
Posséda les trésors qui furent sous sa zône ;
D'une sagesse infuse il ressentit le don ,
Et la postérité le nomma Salomon.

Son esprit pénétra les lois de la nature ,
Des plaisirs il goûta l'abondante mesure :
Or , comment jugea-t-il cette terre d'exil ,
Lui , dont l'âme comprit la crainte et le péril ?
Laissons parler sa bouche , écoutons son langage :
Son langage sera le langage du sage.

« Des plus heureux mortels , moi , le plus fortuné ,
» De plaisirs et d'honneur toujours environné ,
» J'ai fait exécuter des travaux magnifiques ,
» Construire des palais , de superbes portiques.
» Je tire tous les ans les plus excellents vins
» De mes vignes : je vois , dans mes vastes jardins ,
» Des arbres et des fruits les nombreuses espèces :
» La nature me fait d'abondantes largesses.
» J'ai pour contenir l'eau de nombreux réservoirs
» Qui pour tous mes vergers sont autant d'arrosoirs :
» A mes ordres je vois serviteurs et servantes
» Dont le nombre s'élève à celui de mes plantes :
» De bœufs et de brebis je nourris des troupeaux
» Qui tapissent au loin mes prés et mes coteaux :
» Les tas d'or et d'argent que mes coffres possèdent
» Servent à mes plaisirs et toujours les excèdent :
» J'ai pour flatter mes sens des chœurs de musiciens,
» Des coupes de parfum qu'en tout temps j'entretiens,
» Des vases précieux qu'un doux nectar couronne ,
» Et que le ciel prodigue avec excès me donne :
» Sur ma table je vois les mets les plus exquis ,
» Tous ces biens sont à moi , sans cesse j'en jouis.
» En voyant de ces biens l'abondante affluence ,
» Je crois qu'aucun mortel n'a la même opulence ;
» Et cependant mon âme , au sein de ce bonheur ,

» Ne voit qu'affliction, faux éclat, folle erreur. »
Riche d'expérience, ainsi parle le sage.
Ecoutons maintenant la fin de son langage :
« Craindre Dieu, se soumettre à sa puissante voix,
» Voilà de tout mortel et l'essence et les lois.

Sous le poids des douleurs si la nature expire,
Sur elles le ciel donne un glorieux empire.
Pour assister sa mère un fils peut bien mourir,
Mais sans durcir un cœur ni ses regrets tarir
Le ciel peut seul armer une main paternelle,
Et d'un fils, à sa voix, rendre le cœur fidèle.
L'Eglise seule peut à tout cœur ulcéré
Ouvrir, pour son repos, un asile assuré ;
Calmer les passions, appaiser les murmures,
Et, de ses mains, guérir de profondes blessures.
La grâce seule peut à toute affliction
Donner avec succès sa consolation.
Religion céleste, aux malheureux utile,
En fruits délicieux que ton sein est fertile !
Tu te trouves partout où s'étend le malheur,
Et toujours tu comprends le cri de notre cœur.

Chant Cinquième.

Beatus homo qui corripitur à Deo : increpationem ergo Domini ne reprobes quia ipse vulnerat , et medetur : percutit et manus ejus sanabunt.

Heureux l'homme que Dieu corrige lui-même ; ne rejetez donc pas le châtiment du Seigneur, car s'il fait la blessure, il donne aussi le remède et si sa main frappe, sa main aussi guérit. *(Job. 5. 17.)*

Nihil in terrâ sine causa fit et de humo non oritur dolor. Homo nascitur ad laborem et avis ad volatum : quamobrèm, ego deprecabor Dominum qui ponit humiles in sublime et mœrentes erigit sospitate , qui dissipat cogitationes malignorum ne possint implere manus eorum quod cœperant.

Rien ne se fait dans le monde sans cause , et ce n'est point de la terre que naissent les maux. L'homme est né pour le travail et la douleur , comme l'oiseau pour voler : c'est pourquoi, j'adresserai mes prières au Seigneur qui élève ceux qui étaient abaissés, qui console et qui 'guérit ceux qui étaient dans les larmes, qui dissipe les pensées des méchants et qui les empêche d'achever ce qu'ils avaient commencé. *(Job. 5. 6. 7. 8. 11. 12.)*

Qui certat in agone non coronatur nisi legitimè certaverit.

Celui qui combat dans l'arène n'obtient la couronne de vainqueur que lorsqu'il a légitimement combattu. *(St. Timoth. 2. épître , 2. 5.)*

Militia est vita hominis super terram , et sicut dies mercenarii dies ejus : sicut servus desirat umbram et sicut mercenarius præstolatur finem operis , sic et ego habui menses vacuos, et noctes laboriosas enumeravi mihi.

La vie de l'homme sur la terre et une guerre continuelle, et ses jours sont comme les jours d'un mercenaire. Comme l'esclave soupire après l'ombre, et comme un mercenaire attend la fin de son ouvrage, ainsi se passent en ma vie des mo's vides de toute satisfaction et des nuits pleines de travail et de douleur. *(Job. 7. 1. 2. 3.)*

Comme du sacrifice il faut boire à la coupe
Et que des maux divers nous assiége la troupe ,
Notre ennemi satan a voulu nous tenter
Par ces afflictions ; et nous précipiter
Dans l'horrible cachot où , de Dieu la colère
Tourmente son orgueil sous sa verge sévère.
Il nous faut donc savoir ses ruses éventer ,
Par quel moyen surtout nous pouvons mériter.

Un docteur va parler et nous devons le croire :
Voyez-vous ce chardon , dit le savant Grégoire ,
La nature l'a mis sur le bord d'un chemin ;
Les passants sous leurs pieds le triturent sans fin :
Chacun , de ses piquants emporte une partie ,
Sa feuille est dispersée aussitôt que sortie ;
Mais sa racine vit dans cet ingrat terrain ,
Quelques jours de repos pour lui seraient un gain.
Si donc le voyageur , en passant le néglige ,
Et s'il n'arrive pas que son soulier l'afflige ;
Par un travail rapide à la vie il renait ,
Et de dards hérissé sur le sol il parait.
Sous les traits du chardon voyez l'homme du monde :
Dans son cœur est plantée une tige profonde
Qui porte et qui produit toute tentation :
Dans le repos du cœur on sent son action.
Les passants , sont pour lui tout soin et toute affaire

Qui détruit chaque jour sa vigueur ordinaire.
Chaque instant , les soucis , en traversant son cœur ,
Amortissent le dard de l'esprit tentateur :
Mais que des passions il calme la tourmente ,
Qu'il accueille la paix quand elle se présente ,
Le chardon comprimé poussera librement ,
Sa pointe piquera son âme à tout moment.
Mais pour lui , ce n'est pas un signe de détresse :
La vie est dans le cœur quand l'aiguillon le presse.
Malheur à qui ne sent la crise des combats !
Ou la mort le possède ; ou son courage est bas.

Quelle affreuse secousse
Au gouffre menaçant !
Le vent pousse et repousse
Le flot retentissant.
La mer bouleversée
Rejette de ses eaux
L'ordure ramassée
Dans un temps de repos.

Le calme , d'immondices
Encombre notre cœur ;
Dieu par des sacrifices
Trouble notre langueur.
Ce mouvement rejette
Nos imperfections ;
Notre âme alors s'apprête
Aux grandes actions.

C'est en taillant la vigne
Qu'on accroit son produit :

La souffrance est le signe
D'un plus excellent fruit.
Le vigneron céleste
Taille dans sa bonté ,
Pour que se manifeste
Notre fécondité.

Quand le vent se déchaîne
Et redouble d'effort ,
Il ravage la plaine ,
L'arbre devient plus fort :
Ainsi notre courage ,
Enseigne l'abbé Nil ,
Se montre davantage
Au milieu du péril.

Que, sous des coups fréquents l'enclume retentisse,
Elle devient plus forte. Au feu qu'un fer rougisse,
Il sera plus facile alors de varier
La façon que voudra lui donner l'ouvrier.
Sous les coups du malheur montrons un grand courage:
Dieu plus facilement travaille son ouvrage ,
Lorsque de la souffrance il nous soumet au feu :
Dieu dans Job nous en fait le glorieux aveu ;
Mais peu savent souffrir. Les douloureuses larmes
Aux yeux de l'éternel n'ont pas toujours des charmes;
Du blasphême elles ont bien souvent la laideur ,
Rendent l'homme coupable et blessent le Seigneur.

La cire au feu d'abord liquide
Bientôt passe à l'état fluide :
L'argile sèche et se durcit :

L'expérience nous le dit.
La paille brule et se consume :
L'or jette sa grossière écume,
Et, par le feu modifié,
Il en sort tout purifié.
Tel est le feu de la souffrance
Qui sur tous les mortels s'élance :
Différente est son action
Selon notre position.
Le méchant devient plus coupable,
Le juste à Dieu plus agréable,
Le cœur mauvais devient plus dur,
Et le cœur humble en sort plus pur.
Le calvaire en offre un exemple :
Là, mon œil deux larrons contemple
Dans la souffrance de la croix :
Leur douleur prend diverses voix :
A gauche, j'entends le blasphême,
A droite, parle l'amour même :
Tel est, nous dit un saint docteur,
Pour le juste et pour le pécheur
Le résultat de toute épreuve :
Ils donnent au Seigneur la preuve
De leur haine ou de leur amour,
Dans les souffrances d'un seul jour.
Nous en voyons encor l'image
Dans deux victimes du naufrage,
Dont l'une est rejetée au bord,
L'autre dans les flots boit la mort.

Dans une longue paix s'amollit le courage,

Et dans l'oisiveté n'avance aucun ouvrage.
Si la guerre au soldat donne de la valeur ,
L'exercice au chrétien donne de la vigueur.
Devant le peuple , un roi dit , à Lacédémone ,
Qu'en usant du pouvoir que la victoire donne ,
Il fallait pour toujours détruire , anéantir
La cité d'où souvent l'on avait vu sortir
De généreux soldats , dont la valeur guerrière
Pour Sparte avait été si longtemps meurtrière.
Les Ephores en corps combattant cet avis ,
De leurs concitoyens se virent tous suivis :
Disant que le salut de cette République
De la santé de Sparte était le gage unique :
Etant comme la meule où tous les citoyens
Aiguisaient leur valeur source de tous les biens.
De la tentation le pénible exercice
Rend au chrétien fidèle un semblable service.
Dieu pour nous aguerrir la laisse subsister ,
Mais au lieu de céder il faut lui résister.

Quel que soit le métal dont le feu se saisisse ;
   Cuivre , fer , or , argent ,
S'il les pénètre au point que leur vue éblouisse
   Au milieu du foyer ardent ;
Chacun d'eux investi d'une vive lumière ,
On ne distingue plus quelle fut leur matière ,
   On les croirait tous d'or également.

Cependant retirez de l'ardente fournaise
   Ces métaux enflammés :
Et qu'au contact de l'air cette chaleur s'apaise :
   N'étant plus alors transformés ,

Votre œil reconnaîtra leur titre inaltérable ,
Ils auront tous repris leur forme véritable ;
    En les voyant vous les aurez nommés.

Or , quand l'amour divin s'empare de notre âme ,
    Nous paraissons parfaits :
Et quand dans notre cœur brule une vive flamme ,
    Nous revêtons les plus beaux traits.
En hommes tout nouveaux la ferveur nous transforme,
Par elle nous perdons notre première forme ,
Ce que l'on est ne se connait jamais.

Mais , si l'amour divin se retire et nous laisse
    En notre ancien état ,
Si notre cœur reprend sa première faiblesse ,
    Se dépouillant de son éclat :
Alors nous voyons mieux la nature de l'homme ;
Nous savons de quel nom chaque acte en nous se nomme
    Dans le danger on connait le soldat.

Pour nous , de la vertu quel que soit le partage ,
L'épreuve aura toujours un très grand avantage.
Oui , quelque vigoureux que soit un bon coursier ,
Son pas est bien plus prompt quand il sent l'étrier.
Quand, pour guérir un mal, sur un membre invalide
On fixe l'animal qui du sang est avide ;
Si , d'un œil attentif , on ne le surveillait ,
Dans ses flancs caverneux tout le sang passerait :
Mais il ne doit tirer que celui qui tourmente.

Quand l'application du feu devient urgente ,
La grande activité du terrible élément

Tend à brûler la chair , sans nul discernement ;
Mais une main habile avec soin le dirige ,
Et l'art par ses moyens prudemment le corrige.
Ainsi Dieu , par amour , dans la tentation
Empêche la malice et l'effort du démon.
Quand ce malin esprit dans ses projets hostiles
Voulant nous accabler , lance ses projectiles ,
Dieu les change aussitôt en riches diamants
Qui forment des fleurons de gloire étincelants.
Saint Etienne expirait sous la pierre homicide ,
Sa mort réjouissait le peuple Déicide ;
Sur sa tête , à l'instant , il voit les cieux ouverts ;
Des anges il entend les ravissants concerts.

Samson qui dans le cœur n'eut jamais l'épouvante ,
Se voit dans son chemin sous la dent menaçante
    D'un lion furieux :
Il ne recule pas ; mais d'un bras intrépide ,
Il fond sur l'animal et de son sang avide ,
    Il en rougit ces lieux.

Il va ; mais au retour , sur ce champ de victoire ,
Du lion terrassé régne dans la mâchoire
    Un doux rayon de miel.
Sachons vaincre Satan , et montrons du courage ;
Pénible est le combat , mais il nous dédommage
    Par la douceur du ciel.

Quand après avoir bu , le malade hydropique
Sent augmenter sa soif ; ce signe alors indique
    Qu'il faut vaincre l'attrait.
En amassant de l'or , l'avare insatiable
Fomente ses désirs. De l'enfer redoutable
    Repoussons donc le trait.

De l'empire du mal on sent croître la force
Quand on se laisse aller souvent à son amorce :
Avide est le plaisir.
Plus il a d'aliments , et plus il en dévore.
Tout ce que notre cœur a de bon , s'évapore :
Le mal sait l'endurcir.

Pharaon retenait dans un dur esclavage
Les tribus d'Israël : il reçoit le message
De ce Dieu qui créa le vaste firmament :
Pharaon persista dans son aveuglement.
Des prodiges sans nombre éclatent à sa vue,
Et Dieu sur son royaume a la main étendue.
L'obstiné Pharaon insensible à ces maux ,
Court avec ses soldats s'engloutir dans les eaux.
Le perfide Judas que le démon conseille
Aux discours de Jésus veut fermer son oreille ,
Et l'apôtre infidèle , en proie à ses remords ,
Par un noir attentat couronne ses efforts.
Gardons dans notre cœur la flamme qui l'embrase ;
N'allons pas éventer la bonne odeur du vase.
De notre cœur ouvert Satan sait le chemin ,
Et sa haine bientôt y verse son venin.
Or, pour mieux nous tromper, d'un breuvage perfide
Quand il offre la coupe à notre cœur timide ,
Il a soin avec art d'en dorer tout le bord ;
C'est-à-dire , avec lui pour nous mettre d'accord ,
Au vice dégoutant il ôte la malice ,
Il en fait à nos yeux une œuvre de justice ,
Et nous faisant passer du plaisir à l'erreur ,
Il introduit le crime au fond de notre cœur.

Chant Sixième.

Sobrii estote et vigilate quia adversarius vester diabolus, tanquam leo rugiens, circuit quærens quem devoret : cui resistite fortes in fide.

Soyez sobres et vigilants ; car le démon votre adversaire tourne tout autour de vous comme un lion rugissant, cherchant une proie pour la dévorer. Résistez-lui avec le courage qu'inspire la foi. *(St. Pierre. épît. 1. 5. 8.)*

Induite vos armaturam Dei, ut possitis stare adversus insidias diaboli.... in omnibus, sumentes scutum fidei, in quo possitis omnia tela nequissimi ignea extinguere.

Revêtez-vous de l'armure de Dieu, afin que vous puissiez vous soutenir contre les embûches du démon. Dans tous vos combats, prenez le bouclier de la foi pour que vous puissiez voir s'amortir et s'éteindre tous les traits enflammés du malin esprit. *(Ephes. 6. 11.)*

Diabolus quem videre non possum, et ideo minùs ab eo mihi cavere, tetendit arcum suum, et in eo paravit sagittas suas ut vulneret me repentè. Narravit ut absconderet laqueos suos, et dixit: quis videbit eos ? laqueum posuit in auro et argento, et in omnibus quibus abutimur cùm illis malè delectamur et illaqueamur. Sagittæ diaboli sunt ira, invidia, luxuria, et cœtera quibus anima vulneratur. Et quis est ille qui jacula ejus ignea extinguere possit ? proh dolor ! his telis superatur sæpe anima fidelis.

Le démon que je ne puis voir et dont par conséquent je puis moins prévoir les attaques, a tendu son arc, et a préparé ses flèches pour me blesser inopinément. Il s'est proposé de cacher ses filets et il a dit : qui pourra les apercevoir ? Il a établi ses pièges dans l'or et l'argent et dans toutes les choses dont nous abusons lorsque nous nous laissons séduire par les coupables amorces du plaisir. Les flèches du démon sont la colère, l'envie, la luxure, et les autres passions qui font des blessures à notre âme. Et qui est celui qui pourra éteindre ses traits enflammés ? hélas ! n'est-ce pas sous ces traits que souvent l'âme fidèle succombe ? *(Saint Bernard.)*

Le chasseur prend son arme et va dans la campagne ,
Il va dans les forêts , il va sur la montagne ,
    Et rien ne lasse son ardeur.
Ce n'est donc pas le sein du foyer domestique
    Qui fournit la proie au chasseur :
L'animal qui caresse un maître même inique
    N'exerça jamais le veneur.

Mais si son œil surprend le lièvre au pas agile ,
Ou , traversant les airs , l'imprudent volatile ;
    Avec le plomb vole la mort.
Si l'animal féroce inspirant l'épouvante
    Le menace d'un triste sort ,
Du sauvage agresseur à la gueule béante
    Il punit l'insolent effort.

Le cœur qui devant Dieu brûle d'un noble zèle ,
Et que l'amour divin emporte sur son aile ,
    A tout à craindre du démon.
Ce chasseur poursuit l'âme où la grâce l'élève ,
    Pour lui jeter son noir poison ,
Et pour lui présenter , comme il fit auprès d'Eve ,
    Le bien trompeur sous un faux nom.

Ceux qui vivent soumis à son cruel empire ,
Qui font tout se qu'il veut et tout ce qu'il désire ,
    Obtiennent de lui le repos.
Pourquoi les tourmenter ? soldats toujours dociles
    Ils combattent sous ses drapeaux.
Ruses , piéges et soins deviendraient inutiles ,
    Captifs , ils chérissent leurs maux.

Jésus sur le démon exerçant son domaine ,
En mourant , le lia d'une terrible chaîne :
Dans ses fers néanmoins il fait encor du mal ,
A quiconque se livre à son pouvoir fatal.
Comme un tigre enchaîné , tout signale sa rage ,
Il rugit , il fait peur , il s'excite au carnage ,
Ses cris sont impuissants ; il ne peut se jeter
Que sur ceux qui trop près osent se présenter.
L'homme que , sous l'attache un chien malin déchire,
A des enfants railleurs à bon droit prête a rire :
De même on pourrait bien railler les imprudents
Qui de satan lié se mettent sous les dents.
Quand d'un ours muselé les hauts cris retentissent ,
Les calmes spectateurs de lui se divertissent :
Si donc l'enfer rugit , rions de son courroux ,
Car nous pouvons nous mettre à l'abri de ses coups.
Dans les rangs des soldats , le chef , par sa présence,
Développe l'ardeur. Dieu prend notre défense :
Courage donc , chrétien , l'ennemi furieux
Ne pouvant nullement s'armer contre les cieux ,
Aux hommes sur la terre il jure d'être hostile :
Il fait , et c'est ainsi que parle Saint Basile ,
Comme un homme jurant le meurtre de son roi :
Toutefois , redoutant les rigueurs de la loi ,
Ne pouvant de ce roi renverser la puissance,
Il brise son portrait en signe de vengeance.
De plus , dit Saint Basile , il fait comme un taureau
Qui , se sentant frappé sur son large museau ,
Court , vole et ne pouvant , dans sa course légère ,
Atteindre l'agresseur , décharge sa colère

Sur un vain simulacre où l'homme s'est dépeint :
Soutenons les combats de ce Dieu trois fois saint.

Un grand Seigneur défend un serviteur fidèle
Qui , pour ses intérêts , épouse sa querelle :
Dieu nous protègera : le peuple d'Israel
Devait de Mardochée avoir le sort cruel ;
Mais Mardochée agit avec tant de prudence ,
Qu'il fit conduire Aman lui-même à la potence.

Il faut pour bien prier se faire matelot ,
Ou , du moins , s'exposer à la fureur du flot.
Ce proverbe que j'ai recueilli dans le monde ,
Nous montrant le profit des voyages sur l'onde ,
Apprend que le péril , ou bien l'adversité ,
Nous force à recourir au Dieu de charité.

Une mère à son fils encor dans le bas âge
De ses pieds incertains voulant donner l'usage ,
L'abandonne au hasard et s'écarte de lui ;
Puis l'appelle et l'enfant se voyant sans appui ,
Tremble et n'ose avancer ; pourtant elle le laisse ,
Elle le voit tomber de crainte et de faiblesse :
Tomber pour son enfant est un moindre malheur
Que de ne pas marcher. Ainsi fait le Seigneur.

Le chirurgien , dit-on , a la main bien plus sûre ,
Quand-il a dans son corps ressenti la blessure.
Dans l'ordre du salut , l'habile directeur
Est celui qui soutient l'effort du tentateur.
Et ceux qui de ce monde ont pleine connaissance
Savent mieux des moyens l'heureuse préférence.
Dieu pour l'âme dévote est un bon médecin :

Par la tentation il chasse tout venin.
Un médecin habile , avec sagesse donne
Le remède au malade , et l'art proportionne
La dose à la faiblesse. Observons le potier ,
Dit le docteur Ephrem ; s'il sait bien son métier ,
Il sait le temps précis que tel vase d'argile
Doit rester dans le feu. La matière fragile
Exige de tels soins : Dieu ferait-il moins bien
Lui qui nous a formés et qui n'ignore rien ?
S'il vous semble parfois que , dans votre détresse,
Dieu de vous assister diffère sa promesse ;
Vous figurez celui qui , ne pouvant dormir ,
Accuse le soleil de tarder à venir.
Reconnaissez plutôt que vous êtes l'image
De joseph en prison : ce rare personnage
Fut long-temps délaissé , mais après son malheur,
Du royaume d'Egypte il devint gouverneur.
De Jonas submergé la perte était certaine :
Il trouva son salut au sein d'une baleine.

Dans l'abîme parfois nous paraissons rouler ,
Quand le bras du Très-Haut vers lui nous fait voler.
Satan vous poursuit-il ? que Dieu soit votre asile :
Dans son sein vous serez parfaitement tranquille.
Dans les bras maternels , quand la timide peur
Jette un enfant ému , pour calmer sa frayeur ,
La mère de ses soins redouble la tendresse :
Sa voix flatte ses sens et sa main le caresse.
Croyez que Dieu pour vous aura plus de bonté ,
Si vous tenez à lui par votre volonté.
Ayons toujours ouvert l'œil de la vigilance ,
Et même , avant l'assaut , songeons à la défense ;

Car, si dans une main, nous portons le brasier
Qui plein d'activité peut tout incendier,
Ayons, dans l'autre main, l'eau qui puisse l'éteindre ;
Ses fureurs sans cela seront toujours à craindre.
La prière est cette eau qui prévient l'accident
Et la concupiscence est ce foyer ardent.
Il faut jusques aux cieux que notre âme s'élève,
Sinon, l'esprit malin nous prend et nous enlève.
D'un arbre hospitalier quand, sous les frais rameaux,
Un voyageur goûtant l'ivresse du repos
Voit tout-à-coup sortir d'une affreuse tanière
Un féroce animal à la dent meurtrière,
Il s'élance à l'instant, de crainte de périr,
Et jusques au sommet la peur le fait gravir.
A la hauteur des cieux que l'oraison nous tienne
Pour que de nos vertus elle soit la gardienne :
L'oraison nous fournit les armes du combat,
Elle fait triompher le valeureux soldat.

Le démon quelquefois nous parait redoutable,
Il s'obstine, il s'acharne, il est infatigable :
On se trouble souvent de ses fréquents assauts ;
C'est qu'alors, sachez-le, vos aperçus sont faux.
Voyez ce voyageur qui parait dans la voie :
Une troupe de chiens après lui court, aboie :
Les chasser, se serait accroître leur courroux ;
Il va sans s'émouvoir, les chiens deviennent doux.
Un autre dans la rue a le vent, la poussière ;
Il lutte contre tout en fermant la paupière.
Comme lui, poursuivez toujours votre chemin ;
Le démon ne fera sur vous aucun butin.

La crainte ôte la force et fait souvent qu'on tombe :
Sous l'appréhension tout courage succombe :
Sur un ais bien étroit vous marchez hardiment
S'il est placé sur terre ; et vous êtes tremblant ,
Si sa hauteur parait à vos yeux dangereuse.
L'âme doit être ferme et non présomptueuse.
Dans le trouble , qui peut distinguer à propos
Les moyens d'éventer de l'enfer les complots ?
Quand l'onde est agitée et se montre bourbeuse ,
L'œil ne peut plus sonder sa couche rocailleuse ;
Mais que ce trouble cesse et notre œil enchanté
Verra tout par l'effet de sa limpidité.

Au malade sera tout remède inutile
Si pour ce qui lui nuit il se montre facile.
En aimant le danger , on trouve le moyen
De rendre superflu ce que l'on fait de bien.
Au mal qui nous séduit ne prêtons pas l'oreille :
Soyons comme celui que la raison conseille :
Un fou qui l'aperçoit s'acharne à l'insulter ,
Mais le sage muet sait le déconcerter.
Il faut aller plus loin , guérir par le contraire ,
C'est ce qu'un médecin pratique d'ordinaire :
Si le mal vient du froid , employez la chaleur :
Si le chaud l'a produit , usez de la fraîcheur.
Opposons à satan qui tente et sollicite
Le contraire : à l'instant nous le mettrons en fuite.
L'étincelle du mal rendrait-elle indolent ?
Mais sachez qu'elle allume un vaste embrasement.
Soulevez le fardeau de cette servitude
Qui pèse sur nous tous , disait la multitude

Au fils de Salomon , à leur roi Roboam ,
Poussée à tout excès par un Jéroboam.
Roboam indécis prit conseil des plus sages.
Les vieillards de la paix voulaient les avantages ;
Les jeunes opinaient pour la sévérité ;
Le roi crut que ceux-ci disaient la vérité.
Il suivit leur conseil : le peuple au paroxisme
De sa fureur forma le déplorable schisme
Qui du trône ébranlé détacha dix tribus ,
Et fit régner longtemps de criminels abus.
Comment prévoir, hélas ! qu'un si petit nuage
Renfermât dans son sein un effrayant orage ?
Adam , quand il portait sur le fruit défendu
Ses regards curieux , regards qui l'ont perdu,
Pouvait-il croire alors qu'il serait l'origine
Pour tous ses descendans d'une immense ruine ?
Tout vaisseau peut périr par un petit écueil ;
Un petit accident peut causer un grand deuil.
Dès le commencement , dit un proverbe antique ,
Lorsque à vos yeux le mal par quelque trait s'indique,
Appliquez le remède , arrêtez ses progrès ;
Car , ce sera trop tard empêcher ses succès ,
Que d'attendre qu'il ait étendu ses racines :
Un mal trop négligé ne fait que des ruines.
A cette règle il faut qu'un chrétien sache unir
La prudence qui fait tout danger prévenir.
Il vaut mieux empêcher que le mal ne surprenne ,
Que de vouloir guérir les effets qu'il amène.
Fuyez , dit l'esprit saint , l'ombre même du mal ,
Et vous serez toujours dans un état normal.

Ayant vendu son champ , un certain Ananie
Résolut de garder du prix une partie.
    Sa femme de concert
Devait toujours tenir ce mystère couvert.
En remettant le reste , il fallait faire croire
D'une aumône complète à l'œuvre méritoire :
D'Ananias tel fut le discours mensonger
Mais Pierre de ce cœur venait d'interroger
Les replis tortueux : —Pourquoi par un mensonge
Souffrez-vous que Satan dans l'abîme vous plonge ?
    Ce champ était à vous :
    Vous auriez pu ne pas le vendre ,
Vous l'avez fait pourtant ; or , en venant à nous.
    Pourquoi ne pas tout rendre ?
Oui , c'est à l'Esprit Saint que vous avez menti :
Il tombe , et de sa mort la ville a retenti.
Mais sa femme l'ignore. Elle arrive : Saphire ,
Dit l'apôtre , avez-vous , veuillez bien me le dire ,
    De votre champ tiré cette valeur ?
— Oui , voilà tout l'argent qu'a donné l'acheteur.—
— Ce discours à celui de votre époux ressemble ;
Dans le même malheur vous descendrez ensemble ;
On vient dans le tombeau de porter votre époux ;
Ils entrent , les voilà , maintenant , c'est pour vous.
    A peine eut-il parlé , la coupable Saphire
Tombe aux pieds de l'apôtre ; en tombant, elle expire.
Dans l'or et dans l'argent, dit fort bien Saint Bernard,
Le démon met un piège , il y cache son dard.

Chant Septième.

Alii discretio spirituum, alii genera linguarum: alii interpretatio sermonum. Hœc autem omnia operatur unus atque idem spiritus, dividens singulis prout vult.

A l'un il accorde le discernement des esprits, à l'autre, le don des langues, à l'autre, l'interprétation des paroles ; et toutes ces choses, ce n'est qu'un seul et même esprit qui les opère, distribuant à chacun ses dons selon son bon plaisir. *(Epître 1. Aux Corinth. 12. 4.)*

Charissimi, nolite omni spiritui credere, sed probate spiritus si ex Deo sint.

Mes bien aimés, ne vous fiez pas à tout esprit, mais appliquez-vous à discerner quels sont ceux qui viennent de Dieu. *(St. Jean. Epître. 1. 4. 1.)*

Nolite contristare spiritum sanctum Dei.

Ne contristez pas l'esprit de sainteté qui est l'esprit de Dieu. *(Aux Ephes. 4. 30.)*

Dæmonum officium est suggestiones malas ingerere, nostrum est illis non consentire ; nam quotiès resistimus, diabolum superamus, angelos lœtificamus, Deum honorificamus : ipse enim nos hortatur, ut pugnemus : adjuvat, ut vincamus : certantes in bello spectat, deficientes sublevat, vincentes coronat.

L'office des démons est de nous inspirer de mauvaises suggestions, notre devoir à nous, est de ne pas y consentir ; car toutes les fois que nous résistons, nous terrassons le démon, nous réjouissons les anges, nous faisons honneur à Dieu : en effet Dieu nous exhorte, pour que nous fassions la guerre avec courage, il nous aide, pour nous faire remporter la victoire : dans la mêlée il considère notre valeur; si nos forces s'affaiblissent, il les ranime, et quand nous triomphons, il nous couronne. *(St. Bernard.)*

Ignace avec honneur avait porté les armes ,
Son cœur dans les combats se montrait sans alarmes ,
Il avait des héros la magnanimité ,
L'audace , la valeur et l'intrépidité.
Du royaume du ciel voulant avoir la gloire
Et sur l'esprit malin remporter la victoire ,
En habile guerrier , sa plume nous traça
Par quels puissants moyens sa main le renversa.
A nous aussi , chrétiens , ces règles salutaires
Pour vaincre l'ennemi deviennent nécessaires.

Ceux qui tombent , dit-il , avec facilité
Dans la fange du crime , et dont l'iniquité
Marche toujours croissant ; pour qu'une telle vie
Apporte dans leur cœur un surcroît d'infamie,
Notre ennemi leur met toujours devant les yeux
Les attraits de la chair les plus voluptueux.
Il les tient constamment dans un vil esclavage ,
En leur offrant des sens la séduisante image.
L'esprit saint , au contraire , en rappelant leurs torts,
Sollicite leur cœur par de puissants remords :
Eclairant leur raison , troublant leur conscience ,
Il les porte, il les presse à faire pénitence.

Pour celui qui s'applique avec zèle et ferveur
A se purifier , à servir le Seigneur ,
L'esprit malin s'attache à lui créer des peines ,

Le plonge dans l'ennui , se sert de raisons vaines ,
Du scrupule et de tout ce qui peut le troubler ,
Pour arrêter ses pas et pour les ébranler.
Du divin Paraclet contraire est l'habitude.
Il affermit le cœur , chasse l'inquiétude :
Au juste , il fait goûter la consolation
Et lui donne les pleurs de la dévotion :
A l'esprit il envoie une douce lumière ,
Il établit notre âme en une paix entière ,
Eloigne tout obstacle , et d'un pas plus hardi
Il fait marcher au bien notre zèle attiédi.

La consolation nous vient du bon principe,
A de bons résultats quand elle participe.
Elle met un élan dans notre intérieur ,
Qui nous porte à l'amour de notre Créateur ;
Elle élève au-dessus de la faible nature ,
Et pour Dieu seul nous fait aimer la créature ;
Quelquefois , par des pleurs , elle active l'amour :
La source de ces pleurs se place tour à-tour
Et dans le repentir de nos fautes nombreuses ,
Et dans l'aspect touchant des scènes douloureuses
Qu'offre la Golgotha ; dans toute vérité
Qui donne à Dieu la gloire , à nous la sainteté.
La consolation ranimant l'espérance ,
La foi , la charité , vient du Dieu de clémence ;
Elle arrive d'en haut , si notre cœur content
Eprouve quelque attrait , quelque saint mouvement,
Pour faire du salut son importante affaire ,
Et dans la paix du ciel , s'il parvient à se plaire.

Ce qui fait de l'esprit la désolation ,
C'est vers des objets bas toute instigation :
C'est ce qui fait qu'un cœur du salut désespère
Et que sa confiance ou se perd , ou s'altère :
Tout trouble de l'esprit, tout obscurcissement ,
Toute agitation , et tout déréglement.
L'âme ressent alors le dégoût, la tristesse ,
Des ennuis , des langueurs , une grande faiblesse ,
Pour tout dire en un mot , dans tout cœur désolé,
On trouve l'opposé de tout cœur consolé.

Or , dans ce mauvais temps où le démon opère ,
Sachez qu'il ne faut pas que l'esprit délibère ;
Au parti déja pris on ne doit rien changer ,
Mais , au contraire , il faut fermement s'obliger
A suivre exactement les pratiques solides
Que la grâce nous donne en ses moments lucides ;
Car c'est l'esprit divin alors qui nous régit.

Sur un cœur désolé l'esprit mauvais agit.
Un cœur ne doit donc pas, dans ce moment critique,
Changer ses bons desseins ; mais il faut qu'il s'applique
A cueillir plus souvent les fruits de l'oraison
Qui ranime l'amour , éclaire la raison ;
A scruter avec soin sa propre conscience ,
Se livrant aux rigueurs d'une humble pénitence.

Ce qui nous doit alors pleinement rassurer ,
C'est que , si le Seigneur semble se retirer ,
C'est pour voir si , réduits aux forces naturelles ,
Nous saurons résister aux attaques cruelles
Du perfide ennemi ; car quoique le Seigneur
Eteigne tout le feu d'une ancienne ferveur ,

Il laisse néanmoins le moyen de bien faire
Et d'acquérir le ciel notre importante affaire.

L'homme ainsi désolé trouve un puissant secours ,
Quand à la patience il peut avoir recours.
Ce qui le fortifie aussi , c'est l'espérance
Qu'il sentira bientôt la divine influence
De ce Dieu qui se cache , et qui , par des transports ,
Viendra récompenser ses généreux efforts.

La désolation qui fait cueillir des roses ,
A , sache-le , chrétien , trois principales causes :
Dieu veut aiguillonner tout d'abord ta tiédeur ;
Puis , il veut éprouver la foi d'un serviteur ;
Enfin , il veut combattre en toi la vaine gloire :
Que tout vienne de Dieu , c'est ce que tu dois croire.
Quand Dieu , dans sa bonté , viendra te consoler ,
Sachant que ce moment doit bientôt s'écouler ,
Recherche dans la paix quels soins, quelles adresses
Tu devras employer dans toutes tes détresses ,
Afin que les assauts de l'habile ennemi
Trouvent ton âme forte et ton cœur affermi.

Quand tu sens de la grâce abonder les délices ,
Tu dois livrer ton âme à tous les sacrifices ;
Tu dois t'humilier , tu dois t'anéantir,
T'appliquer à comprendre et surtout à sentir ,
Qu'en tout temps, mais bien plus dans le temps de l'orage,
Si Dieu ne le soutient , tout homme fait naufrage.

La désolation vient-elle t'attrister ?
Pense qu'avec Dieu tu pourras résister ;
Et qu'en mettant en lui toute ta confiance ,

Tes ennemis fuiront : Dieu prendra ta défense.

Sachons comment agit l'infernal agresseur :
Il est en tout semblable à la femme en fureur ;
Si le mari la brave et combat sa menace ,
La femme perd courage et lui cède la place :
Si du lâche mari la crainte s'emparait ,
La femme plus hardie à l'instant paraîtrait :
Ainsi , quand le démon rencontre un fort athlète
Qui s'anime au combat et porte haut la tête ,
Il tremble et tout trahit sa grande lâcheté :
Il n'a contre le fort point d'intrépidité.
Au contraire , s'il voit un cœur pusillanime ,
Dans sa noire fureur , il brise sa victime.
Non , il n'est point de tigre aussi cruel que lui :
Notre crainte fait donc sa force et son appui.

Au lâche corrupteur il est encor semblable :
Celui qui veut séduire une fille honorable ,
Ou l'épouse qu'adore un mari vertueux ,
Témoigne habilement ses désirs et ses feux.
Or , comme le succès veut l'ombre du mystère ,
Il travaille à tromper ou l'époux , ou le père.
Révéler le secret serait un coup fatal :
Le démon est puissant , quand le secret du mal
D'un directeur prudent trompe la vigilance :
Voiler ses noirs desseins lui donne un gain immense.

Dans ses pièges Satan pour mieux nous entraîner ,
Cherche quel est l'appât qui peut nous incliner.
Dès que d'Adam pour Eve il vit la complaisance ,
Par Eve il commença sa désobéissance.

4

Dalila sur Samson produisait quelque effet ;
Il sut par Dalila lui ravir son secret.
Tel , un guerrier prévoit une attaque efficace ,
S'il connait quel côté met en danger la place.
Tel , un chasseur , pour mieux attirer les oiseaux ,
Se sert à leur égard de différens appeaux.
Sous un bien apparent il séduit le fidèle ;
Au liquide enchanteur un noir poison se mêle ;
C'est ainsi que , pour mieux surprendre le poisson ,
Sous l'amorce trompeuse on cache l'hameçon.
Que font les bons voleurs pour grossir leurs recettes?
Ils empruntent les airs des personnes honnètes :
A les voir sous l'habit de comtes , de barons,
Personne ne les prend pour d'habiles larrons.
Sous le masque du bien le démon se déguise ,
Pour donner plus d'ardeur à notre convoitise.

Que fait le Tout-Puissant ? Que fait un ange bon ?
D'une sainte allégresse ils apportent le don :
Ils apaisent le trouble , ils chassent la tristesse
Que le démon avait causés avec adresse.
Mais Satan que fait-il ? par de faux arguments
Qu'il revêt des couleurs de bons raisonnements ,
Il tâche de ravir à toute âme sa joie ,
Pour en faire plus tard sa malheureuse proie.

Consoler un esprit sans motif précédent
Est le propre de Dieu , mais de Dieu seulement.
Seul le créateur peut dans l'âme s'introduire ,
Et dans l'amour parfait l'entraîner ; la conduire.
Nous appelons motif , tout objet présenté
Aux sens , à notre esprit , à notre volonté ,

D'où découle pour nous un sentiment intime
De joie et de bonheur qui nous rend maguanime.

La consolation peut venir du démon
Quand la cause précède , ou bien d'un ange bon.
Mais Satan , dans son but , du bon esprit diffère.
L'un , pour la vérité et pour le bien opère ,
L'autre , en nous consolant pousse et conduit au mal.
Très souvent cet esprit ténébreux , infernal ,
Se transforme à nos yeux en ange de lumière.
Quand il connait nos vœux , sa marche familière
Est de nous seconder dans nos pieux désirs.
Pour nous conduire enfin aux coupables plaisirs ,
Il sait cacher son jeu ; son attaque n'est forte ,
Que quand à ses discours un cœur ouvre la porte.

Nous devons donc surtout rechercher , discuter
Vers quel but nos pensers ont soin de se porter.
Observons , tout d'abord , si l'origine est bonne ;
Si saintement la suite à Dieu se coordonne ;
Si la fin peut répondre au bon commencement ;
Alors , du bon esprit tout vient assurément.
Si , dans cet examen , quelque point se présente
Un peu suspect ; plus tard , si votre âme tremblante
Voit l'indice du mal ; si surtout , elle sent
Qu'elle quitte le bien , ou , si son sentiment
Penche vers un parti que la grâce divine
Lui fait voir altéré depuis son origine :
Ou , si , le cœur , perdant du calme la douceur ,
Sent comme une fatigue , un poids , une langueur ;
A ces traits vous aurez une entière évidence

Que de l'esprit mauvais s'annonce la présence.

Quand la suggestion, en la considérant,
Montrera l'ennemi par sa queue à serpent,
Ou, pour mieux s'expliquer, par cette fin maligne
Que fait glisser en nous sa perfidie insigne ;
Reprenez l'examen, alors, vous ferez bien
De voir, dès le début, comment dans le chrétien
Il jette habilement une sainte pensée :
De là, comment notre âme à l'injuste est passée,
Comment il a ravi notre suavité,
Le repos de l'esprit et sa sérénité.
Reconnaissant ainsi ses progrès insensibles,
Ses fraudes désormais seront bien moins nuisibles.

Sur ceux qui du salut embrassent les vrais biens,
Les esprits, pour agir, prennent divers moyens :
Le bon avec douceur dans l'âme s'insinue,
Comme quand dans l'éponge une goutte est reçue :
Le mauvais sans fracas ne saurait approcher ;
Ainsi tombe la pluie en frappant le rocher.

Quant aux hommes méchants qui vont de mal en pire,
L'opposé se déclare. Un seul mot doit suffire
Pour expliquer ici cette opposition :
Qui trouve tout fermé doit faire effraction.

La puissance divine, à tout supérieure,
Console, avons-nous dit, sans cause antérieure.
Rien de trompeur alors ne peut s'insinuer :
Toutefois, nous devons avec soin distinguer
L'instant qui suit de près cette action première ;

Car, dans cette ferveur, cette vive lumière,
Il arrive souvent que notre activité,
Ou du malin esprit l'étrange habileté,
Proposent à l'esprit, dans notre cœur font naître
Un objet, un élan ; nous devons les soumettre
A l'œil de l'examen. De Dieu, c'est évident,
Ils ne descendent pas immédiatement.

On le voit, du démon l'occulte hypocrisie
Par la marche d'Ignace est partout poursuivie :
Prenons la même route et l'enfer attaqué
Rugira de se voir à tous pas démasqué.
Simon, Simon, Satan votre adversaire,
Dit un jour le Sauveur, demande à vous cribler,
Comme on crible le blé qu'on a foulé dans l'aire :
De vigilance il faut donc redoubler.
Mais moi, ton Dieu, ton Sauveur et ton maître,
Pour préserver de tout danger ta foi,
J'ai fait monter ma prière pour toi.
Ce soin dès lors en toi devra paraître,
De confirmer, une fois converti,
Tout frère dont le cœur est mal assujetti.

Chant Huitième.

Et erit tanquam lignum quod plantatum est secùs decursus aquarum.

Le juste sera comme l'arbre qui est planté près d'un courant d'eau. *(Ps. 1.)*

Oportet contristari in variis tentationibus, ut probatio vestræ fidei multò pretiosior auro quod per ignem probatur, inveniatur in laudem, et gloriam, et honorem, in revelatione Jesu Christi.

Il faut que vous soyez affligés de plusieurs maux, afin que votre foi ainsi éprouvée, étant plus précieuse que l'or qui est purifié par le feu, se trouve digne de louange, d'honneur et de gloire à l'avènement glorieux de Jésus-Christ. *(Saint Pierre, épître. 1. 1. 16.)*

Omnem tribulationem passi sumus : foris pugnæ, intùs timores. Sed qui consolatur humiles consolatus est nos Deus.

Nous avons enduré toutes sortes de tribulations : luttes au-dehors, craintes au-dedans. Mais le Dieu qui console les humbles nous a fait sentir ses consolations. *(2me épît. Aux Corinth. 1. 3.)*

Non multos legisse me recolo, aut non afflictos graviter aut non graviter, in ipsâ sæculi hujus prosperitate, tentatos, fortè et periclitatos.

Je ne me souviens pas d'avoir lu que, parmi les hommes qui dans ce monde sont dans la prospérité, on en ait vu beaucoup qui n'y aient pas trouvé ou de grands sujets d'afflictions, ou des causes de grandes tentations et peut-être même de grandes chûtes. *(St. Bernard.)*

Heu mihi quia incolatus meus prolongatus est ! multùm incola fuit anima mea.

O douleur ! le temps de mon pélerinage est bien prolongé ! mon âme a été beaucoup trop long-temps dans ce misérable séjour ! *(Ps. 119.)*

Aux moins parfaits , en plus grande abondance ,
Parfois le Dieu d'amour et de bonté
Se communique , et met sa complaisance
A caresser notre fragilité.
Il fait alors comme une tendre mère
Qui sait aimer d'un amour bien sincère
Tous ses enfants ; mais si de la douleur
L'un d'eux ressent quelque légère atteinte ,
De son amour, une amoureuse étreinte
Lui verse alors l'abondante douceur.
Il fait encor , dans son amour extrême ,
Ce qu'on voit faire au maître d'un jardin
Qui, plein de soins pour la plante qu'il sème,
Semble traiter comme bien du voisin
L'arbre élancé : pour la plante chétive
Il la chérit , l'arrose et la cultive ; -
Il n'interrompt ses soins et ses labeurs ,
Que quand il voit qu'elle a bien pris racine :
Tel est le cours de la grâce divine ;
Elle déborde au sein des jeunes cœurs.

Ces moments sont heureux, mais ne sont pas durables:
Les plaisirs les plus purs ici ne sont pas stables :
Cette main qui caresse avec tant de douceur
Présentera bientôt la coupe du malheur.
Le ciel notre patrie est la terre promise ;
Ce monde est le désert : nous qui formons l'église ,

Comme le peuple Hébreu , nous traversons l'exil ,
Combattant et souffrant , marchant près du péril.

Quand sur le Thabor, Pierre apercevait la gloire
De Jésus , fils de Dieu , pouvait-il alors croire
Que plus tard une femme aurait , par un seul mot ,
La force de le rendre infidèle au très-Haut ?
L'épreuve lui guérit sa foi présomptueuse ,
Et donna plus d'ardeur à sa flamme amoureuse.
L'ange guérit Tobie , en mettant , non du miel
Sur ses yeux obscurcis , mais d'un poisson le fiel.
De la prospérité l'ivresse est donc funeste ;
Et cette vérité , l'histoire nous l'atteste.

Que fit dans son bonheur l'oublieux échanson ?
L'ingrat laissa gémir Joseph dans sa prison.
Et que fait Osias ? Sa carrière si belle
Avait bien commencé ; sa fin fut criminelle.
Trop de bonheur fait perdre à l'âme son essor,
Et l'homme en tout devient Nabuchodonosor.
Le puissant Salomon avait eu la sagesse ;
Mais le bonheur le fit tomber dans la mollesse.
N'étant plus attaqués , les enfans d'Israël
De leur Dieu trois fois saint abandonnent l'autel.
L'homme sans les malheurs ne sait pas se conduire ;
C'est un jeune taureau que l'on ne peut réduire.
L'orage n'est pas loin quand un ciel toujours beau
A longtemps sur la mer conduit notre vaisseau.
De cette vérité l'exemple mémorable
Se lit dans Hérodote et me parait croyable.

Polycrate l'heureux gouvernait à Samos ;
Aucune adversité ne troublait son repos :
Amasis qui tenait de l'Egypte l'empire
Au tyran son ami pensa devoir écrire :
« Ce tissu de bonheur m'effraie avec raison ,
« Cette prospérité suspecte est un poison ;
« Les Dieux , d'un œil jaloux , voyant votre fortune
« Trop constante pour vous, aux mortels peu commune
« Tôt ou tard de leurs mains viendront la renverser:
« Il me semble les voir déjà vous menacer :
« Détournez ces malheurs en faisant quelque perte
« Qui vous cause un regret et qui vous déconcerte.

Polycrate le crut : il portait à sa main
Un anneau d'un grand prix , digne d'un souverain.
Un jour qu'il contemplait du haut de sa galère
Le calme de la mer , son esprit délibère :
Soudain il prend l'anneau , l'arrache de son doigt ,
Le jette loin de lui , l'abîme le reçoit.
Mais après quelques jours , des hommes du vulgaire,
Lui portent un poisson. Chose extraordinaire !
Le poisson renfermait l'émeraude du roi :
Sa surprise fut grande , et grand fut son effroi.
Amasis apprenant cet accident étrange ,
Se trouble , l'abandonne , et son amitié change.
Il lui dit qu'il renonce à son titre d'ami ,
Puisque de lui le ciel se déclare ennemi.
Polycrate bientôt finit son existence :
Oretès attacha son corps à la potence ;
Et ce roi qu'on mettait au rang des plus heureux
Endura sur la fin ce supplice honteux.

L'épreuve donc nous est à chacun nécessaire,
Et sa nécessité nous devient salutaire.
Sur nos épaules donc sera mise la croix ;
Mais nous ne devons pas succomber sous le poids.
Il nous faut, dit Jésus, employer la prière,
Veiller autour de nous : c'est l'œuvre journalière.
Quand on sait qu'une route est livrée aux voleurs,
Et que des assassins frappent les voyageurs,
On l'évite avec soin : s'il nous est impossible
De détourner nos pas, de quelque arme terrible
Nous armons notre main, et nous avons recours
A ceux qui de leurs bras nous prêtent le secours.
Dès que l'on sait qu'il court un mal épidémique
Qui répand en tous lieux une terreur panique,
On s'empresse à trouver des remèdes puissants,
On recherche surtout des médecins savants.
Si la contrée était livrée à la famine,
Ou, si vous vous trouviez où la guerre domine,
Ne vous verrait-on pas, au sein de tant de maux,
Combattre avec ardeur la fureur des fléaux ?
Quand le feu dévorant vous montre un incendie
Qu'on ne peut arrêter dans sa marche hardie,
On voit tous les voisins tremblants, épouvantés :
Les édifices sont à l'entour dévastés,
De crainte que le feu, venant à se répandre,
Ne les saisisse aussi pour tout réduire en cendre.
Le bruit se répand-il qu'un féroce animal
Ravage le pays ? chacun, à ce signal,
Tremble, s'arme, s'anime à lui faire la guerre :
De ce monstre chacun veut délivrer la terre.
Un torrent se présente, il le faut traverser

Sur des rocs qu'on dirait de son lit se dresser.
Votre œil suit votre pied, le surveille l'observe
Et par là du danger vous sauve et vous préserve.
Tous ces dangers divers se trouvent réunis
Dans l'épreuve. Soyons, contre eux tous, prémunis.
Si vous en triomphez avec persévérence
Un jour, pour vous sera grande la récompense.
Résistez, combattez en généreux soldats,
Sachez que Dieu, du ciel, contemple vos combats.
Ici s'offre à mon âme un souvenir fidèle :
Que tes combats sont saints, ô Trappe d'Aiguebelle !
Que de héros formés combattent sous ces toits
Inconnus et cachés ! que grands sont leurs exploits !

    Charmant séjour à l'abri des tempêtes,
    Chez toi le cœur se sent près de son Dieu :
    La pénitence incline ici les têtes,
    Mais tout est pur, la paix règne en ce lieu.

    Quelles rigueurs une troupe pieuse,
    Avec courage exerce sur le corps !
    Elle a trouvé la perle précieuse ;
    Révèle-moi, voute silencieuse,
    De ces mortels les célestes trésors.

De ton courroux, grand Dieu, juge suprême,
Suspends pour eux l'infléxible rigueur !
Vois leurs travaux, leur constante ferveur !
Ils sont marqués du sang de l'agneau même :
Respecte-les, ange exterminateur !

Les longues nuits ne voient pas leur paupière
Plonger les sens dans un profond sommeil ;
Souvent la cloche appelle à la prière
Long-temps avant qu'un rayon de lumière
Vienne annoncer le lever du soleil.

Juillet les voit sous la coule pesante
Que sur leur corps jettent les froids hivers :
Bravant ainsi de l'année inconstante
Et des saisons les changements divers ,
Ils confondront, milice triomphante ,
Les sensuels , les lâches , les pervers.
Heureux mortels , le monde vous méprise :
Foulez aux pieds son orgueilleux dédain,
Et n'avouez pour votre souverain
Que ce grand Dieu dont votre âme est éprise
Et dont le fils sauva le genre humain.

Heureuse solitude ,
Quand dans ton sein tu recevras
Un cœur rempli d'inquiétude,
Elève haut ta voix , cette voix franche et rude :
Peut-être alors , tu lui rendras
La paix qu'il a perdue :
Alors , cette âme émue,
Sans amertume et sans fiel ,
Riche des dons du ciel ,
Libre d'inquiétude ,
Pleine d'amour , d'espérance et de foi
Dira , sans doute , comme moi :
Heureuse solitude.

L'église ne voit plus le glaive des payens
Se plonger dans son sang, semence des chrétiens :
La rage des démons ne couvre plus la terre
D'instruments du martyre, et ne fait plus la guerre
Aux élus dont le Christ a rempli l'univers :
On ne garotte plus leurs corps d'indignes fers :
De spectacles sanglants le vaste amphitéâtre
Ne repaît plus les yeux de la foule idolâtre :
Et l'on ne jette plus à la dent du lion
Les généreux enfants de la religion.
Mais sous ces toits sacrés, ou, de la pénitence
On ressent, dans la paix, la sévère influence,
L'église compte encore de glorieux martyrs,
Et par eux fait monter au ciel de saints soupirs.

J'étais près de la mer, disait un jour Grégoire
Prêchant de Nazianze au pieux auditoire :
De l'abîme agité les onduleuses eaux,
Expirant sur le bord, apportaient sur leur dos
Herbes en fragments, un nombreux coquillage,
Et les menus débris que sème le naufrage :
Tous ces flotants objets, arrivant sans effort,
Etaient pour un moment déposés sur le bord ;
Mais la vague suivante arrivant plus houleuse
Retirait dans la mer l'épave sablonneuse.
Toutefois un rocher, quoique au milieu des eaux,
Reçoit tantôt le choc des énormes vaisseaux,
Tantôt l'abîme entier lutte contre sa masse ;
Il soutient toute attaque immobile à sa place :
Le vaisseau téméraire est aussitôt perdu :
Le flot brisé jaillit et recule vaincu.

Or, parmi les mortels, les uns, faibles herbages,
Ou débris malheureux, ou légers coquillages,
Flottent au gré du vent de la tentation,
Délaissés ou repris selon l'occasion.
Les autres, courageux, dans la vertu solides,
Au milieu des assauts se montrent intrépides :
Immobiles rochers, assaillis, mais vainqueurs,
Bravant des ennemis les constantes fureurs.

Un lévraut poursuivi par une meute avide
Sous le cheval d'Anselme alla d'un pas rapide,
Pour éviter la mort. Cet asile parut
Un lieu de sureté : notre saint l'aperçut.
Comme à ses compagnons cela prêtait à rire ;
Anselme gémissait et son cœur lui fit dire :
« Vous riez, mes amis, mais le pauvre animal
» Ne rit pas, se voyant menacé d'un grand mal :
» Ainsi, les ennemis de l'âme pécheresse
» Voudraient la dévorer ; elle, dans sa détresse,
» Cherche dans le danger un asile, un secours :
» A son libérateur la pauvre âme a recours.
» Si le secours lui manque à l'heure où l'homme expire,
» L'ennemi la saisit, l'emporte et la déchire. »

Le chrétien, comme un arbre, est mis dans un terrain
Cultivé sagement par une habile main.
Autour de lui souvent éclate la tempête,
Et les efforts du vent lui font courber la tête.
Si, tout en s'élevant du ciel dans les hauteurs,
Ses pieds ont du terrain trouvé les profondeurs,
L'aquilon furieux se déchaînant sur lui

Ne pourra l'arracher de son solide appui.
Le souffle impétueux doublant sa violence,
Comme pour triompher de tant de résistance,
Quelque branche peut-être à la fin brisera ;
Mais sur le tronc sa fougue en vain s'épuisera.
La racine, au contraire, occupe peu d'espace,
Et ne prend du terrain que la seule surface :
Le tourbillon vainqueur, sans trop se courroucer,
Sur le sol d'un seul coup pourra le renverser.
Que notre cœur soit ferme en la sainte croyance ;
Du monde et du démon toute la violence
Ne pourra l'ébranler. S'il est faible en sa foi,
De l'orage grondant succombant sous l'effroi,
Il se verra battu, renversé, mis en pièces ;
Et l'on s'étonnera de toutes ses faiblesses.
C'est ainsi qu'en tout temps se propage l'erreur ;
Elle n'a de pouvoir que sur un faible cœur.
Oui, chrétien, c'est ta foi, quand elle est endormie,
Qui donne du succès au vice, à l'hérésie :
L'église, si la foi nous rendait vigilants,
N'aurait pas la douleur de perdre tant d'enfants.

Chant Neuvième.

Ecce oculi Domini super metuentes eum , et in eis qui spe-rant super misericordia ejus ; ut eruat à morte animas eorum, et alat eos in fame. (Ps. 32.)

Voilà que les yeux du Seigneur sont ouverts sur ceux qui le craignent et qui espèrent en sa miséricorde ; pour qu'il retire leur âme de la mort et qu'il les nourrisse dans la faim.

Dominus de cœlo in terram aspexit ; ut audiret gemitus compeditorum ; ut solveret filios interemptorum. (Ps. 101.)

Le Seigneur du haut du ciel a jeté ses yeux sur la terre pour entendre les gémissements des captifs ; pour délivrer; les enfants de ceux qui ont été mis à mort.

Quia acceptus eras Deo, necesse fuit ut tentatio probaret te.

Parceque vous étiez agréable à Dieu , il a été nécessaire que l'épreuve fît voir ce que vous étiez. *(Tobie. 12. 13.)*

Hoc autem pro certo habet omnis qui te colit , quod vita ejus si in probatione fuerit, coronabitur ; si autem in tribu-latione fuerit , liberabitur ; et si in correptione fuerit, ad misericordiam venire licebit... Quia post tempestatem tran-quillum facis , et post lacrymationem et fletum exultationem infundis.

Tout homme qui vous sert, ô mon Dieu, doit s'attendre a être couronné si sa vie a été une vie d'épreuve ; à être délivré , s'il a passé ses jours dans la tribulation ; et à res-sentir votre miséricorde , si votre justice l'a châtié... Car après la tempête, vous faites régner la tranquillité; et après les gémissements et les larmes , vous répandez dans les cœurs l'alégresse. *(Tobie. 3. 20.)*

Non habemus hìc manentem civitatem , sed futuram inqui-rimus.

Nous n'avons pas ici de demeure permanente, mais nous sommes à la recherche de celle qui doit faire notre partage dans l'éternité. *(Aux hébreux. 13. 14.)*

L'homme dans le malheur trouve un grand avantage :
L'exercice au chrétien donne vertu , courage :
Mais Dieu , par les revers , troublant nos jours sereins,
Réalise parfois d'admirables desseins.
Les malheurs de Joseph en donnent un exemple ;
Dans la mort de Jésus que la matière est ample !
Mais traitons un sujet qui nous soit moins connu :
Dans l'histoire ce trait se trouve contenu.

Des Indes , enrichi par sa propre industrie ,
Un Français retournait enfin dans sa patrie.
La patrie est pour tous un tendre souvenir ;
Et lorsqu'on en est loin , on veut y revenir.
Il avait avec lui sa petite famille :
Sa femme , deux enfants : un garçon , une fille.
Ils avaient parcouru la moitié du chemin ,
Quand , soudain , ils se voient plongés dans le chagrin.
Sur la mer se déchaine un orage effroyable :
Le spectacle est sinistre ; il est épouvantable.
Le vaisseau balloté courait contre un écueil :
Il n'était plus pour eux qu'un lugubre cercueil.
Sur une large planche , on vit alors le père
Attacher fortement sa famille si chère :
Il aurait bien voulu s'attacher avec eux ,
Mais le vaisseau descend sous les flots orageux.
La planche arrive au bord d'une île verdoyante ,
Envers son Dieu , la mère humble , reconnaissante ,

Se prosterne à genoux et tenant par la main
Ses deux jeunes enfants : ô maître souverain ,
Dit-elle avec amour , toi que les cieux bénissent ,
A qui même les flots et les vents obéissent ,
Si mon époux est mort, reçois-le dans tes bras !
S'il vit , conserve-le ; conduis vers nous ses pas !
Vois d'un œil de pitié ces débris du naufrage !
Protège ces enfants et moi sur ce parage !
Détourne loin de nous la faim et tout danger !
Daigne , Dieu de bonté , daigne nous protéger !
Aucun être vivant n'habitait dans cette île :
La nature pourtant rendait le sol fertile :
Les arbres , en tout temps , étaient chargés de fruits:
La famille y vécut de leurs divers produits.
Elle avait l'évangile, un livre de prières ,
De la mère en tout lieu compagnes familières.
Ces livres lui donnaient des remèdes puissants ,
Et par eux cette mère éleva leurs enfants.
La fille avait trois ans et se nommait Marie ;
Un an plus tôt son frère avait reçu la vie ;
Son père avait choisi pour lui le nom de Jean ;
Les voilà tous les trois au sein de l'Océan !
Que dis-je , tous les trois ! la mort frappe la mère ;
Au pied d'un arbre creux , sur la terre étrangère ,
Recommandant à Dieu ses enfants orphelins ,
Elle expire, on dirait entre deux séraphins.
Onze ans ces orphelins , dans cette île vécurent :
Vivre en paix, bénir Dieu, voilà tout ce qu'ils surent.
Un jour, s'entretenant , assis au bord de l'eau ,
Ils virent à leurs pieds arriver un bâteau :
Il en sortit des noirs qui les environnèrent ;

Et bientôt avec eux sur la mer ils voguèrent.
Chez un peuple sauvage ils se virent portés ;
Ils regrettent alors les lieux qu'ils ont quittés ;
Ils ne peuvent parler comme leurs nouveaux hôtes.
Les prisonniers de guerre amenés sur ces côtes
Sont par leurs habitants mis à mort , dévorés ;
Les faux dieux , en honneur , chez eux sont adorés.
Le roi leur fit pourtant un accueil favorable ;
Il destine Marie à son lit , à sa table ;
Mais elle ne veut pas accepter pour époux
Celui qui tous les jours fléchissant le genoux ,
Priait devant un singe. Au ciel elle s'adresse
Pour qu'il la délivrât d'une affreuse détresse :
Le ciel permit alors que le singe mourût.
Crime ! attentat ! vengeance ! aux armes on courut...
A des poteaux dressés ces barbares lièrent
Marie auprès de Jean : puis, ils se préparèrent
A les brûler. Soudain , une grande terreur
S'empare des esprits : un ennemi vainqueur
A pénétré dans l'île. A sa marche tout cède.
Les deux chrétiens sont seuls ; à leur arrêt succède
Chez leurs libérateurs un déplorable état ;
Mais Dieu va couronner ce glorieux combat.
Aucun de ces revers n'abattit leur courage.
Ils bénissent leur Dieu jusques dans l'esclavage.
Ces barbares étaient vaillants et belliqueux ,|
Et pour eux l'homme était un mets voluptueux.
Parmi les prisonniers qu'à la guerre ils saisirent ,
Un captif se trouva trop faible ; ils consentirent
A prolonger ses jours : ses membres engraissés
Réjouiront plus tard leurs festins empressés.

Dans leur hutte avec soin ces hordes l'enchainèrent,
Et de notre Marie aux soins l'abandonnèrent.
Marie accomplissait son devoir chaque jour,
Et chaque jour aussi, d'un instinctif amour
Elle voyait couler les ineffables larmes,
Et sentait dans son cœur de secrètes alarmes.
La bouche ni le cœur n'osaient se révéler :
L'un cachait son amour l'autre n'osait parler.
Mon Dieu, dit-elle enfin, sans croire être comprise:
— Comme ce malheureux, Marie un jour fut prise!
Ayez pitié de lui, Seigneur, assistez-moi!
On peut tout avec vous, nous enseigne la foi!
Peut-être comme nous, orphelins sur la terre;
Des enfants malheureux, vous demandent leur père,
Leur père que je sers, que je voudrais sauver
De la mort à laquelle on veut le réserver!
Seigneur, délivrez-nous, écoutez ma prière! —
Ces paroles de feu sont un trait de lumière :
Ah! dit le prisonnier, quel langage avez-vous!
Votre sang est Français, vous parlez comme nous!
Vous avez ma couleur, et sur votre figure
Brillent les traits frappants d'une heureuse nature!
Vous venez d'invoquer le vrai Dieu des chrétiens :
Fille aimable, de qui tenez-vous tous ces biens?
Parlez, ne doutez pas qu'un tel récit ne plaise.
— J'ignore si ma langue est la langue Française ;
Je ne sais quel pays a reçu mon berceau,
Et Dieu seul pourrait dire où sera mon tombeau.
Je parle, je le sais, comme parlait ma mère :
Cette mère toujours à mon cœur sera chère :
C'est elle qui m'apprit, le soir et le matin,

A bénir Dieu. Je garde un livre tout divin,
Qui sera pour nous deux un gage de tendresse ;
Il nourrit notre foi , il donne la sagesse
Qui dans l'adversité rend courageux et fort.
Mon frère qui toujours a partagé mon sort,
Aime à lire souvent ces admirables pages :
Ce livre nous console au milieu des sauvages. —
A ces mots , le captif lève ses mains aux cieux ,
Jette un profond soupir, des pleurs mouillent ses yeux.
Il entrevoit l'espoir... — quoi ! serait-il possible !...
Le ciel à mes malheurs serait enfin sensible !...
Mais de voir votre frère ici puis-je espérer ?
Ce livre précieux , pourriez-vous le montrer ?
— Oui , je vais le chercher ; mon frère le possède :
Et je ne viendrai pas que Jean ne me précède.
Elle dit , aussitôt d'un pas précipité ,
Elle court vers son frère : au vieillard agité
Le nom de Jean venait d'expliquer un mystère :
Je trouve mes enfants... mais ou sera leur mère ?
Je tremble de l'apprendre , et je dois l'augurer.
Il vit en ce moment ses deux enfants entrer.
Jean tenait à sa main le livre. Au frontispice
Le vieillard aperçoit le nom de Jean Maurice :
Ah ! venez , mes enfants , dit-il avec bonheur ,
Venez que je vous presse aujourd'hui sur mon cœur !
Dans ce faible vieillard reconnaissez un père !
Parlez-moi , chers enfants , de votre tendre mère !
Marie et Jean émus se jettent dans ses bras ,
De leur mère en pleurant ils disent le trépas.
Ils confondent leurs pleurs , ils se disent leur joie.
Soudain , ô sort cruel , leur cœur se livre en proie

A la sombre tristesse ! ils se sont rencontrés
Un instant , pour se voir à jamais séparés.
Mais Marie , en ce jour , que la tendresse anime ,
A conçu le projet de sauver la victime.
La voilà prosternée aux pieds d'un roi cruel :
—Vous qui sur nous avez un droit universel ,
Grand prince, lui dit-elle, à vos pieds que j'embrasse
Je dépose mes vœux. Accordez une grâce
A ces deux orphelins que le sort à jetés
Sur ce sol étranger. Vos libéralités
Nous ont de nos revers adouci l'amertume ;
Aujourd'hui nous avons un père , et je présume
Que vous nous laisserez à notre heureux destin ,
En empêchant , plus tard , ce lugubre festin
Où l'on doit leur servir mon père en nourriture :
S'il leur faut toutefois une humaine pâture ,
Je m'offre, je le veux, qu'on m'immole et leurs dents
Pourront se disputer mes membres palpitants.
—Ah ! vivez , dit le roi , vous deux et votre père :
Non , vous ne mourrez pas , et même je l'espère ,
Un vaisseau qui bientôt dans nos ports entrera ,
En France tous les trois d'ici vous portera.

Dès lors s'ouvrit pour eux une nouvelle vie
Dont les premiers bienfaits tombèrent sur Marie :
Ils avaient tout perdu dans leur adversité ,
La vertu leur resta. Mais mis en liberté ,
Ils recouvrèrent tout : biens , richesses et gloire.
Un puissant gouverneur , apprenant leur histoire ,
Contracte avec Marie une heureuse union :
De Jean dans sa famille il veut l'admission :

Leur père bien aimé , jusqu'à l'heure dernière ,
Vit le même bonheur couronner sa carrière.
Tous les revers n'ont pas le même dénoûment ;
Mais alors attendons le grand événement ,
Où Dieu rétablissant dans son royaume l'ordre ,
Bannira les méchants , tout crime , et tout désordre.
Alors il vengera les droits de la vertu ,
Et nous serons heureux d'avoir bien combattu.
Formons donc ici bas de vaillantes milices ;
Car l'homme fait ici d'immenses sacrifices.
Parcourons notre vie, et depuis le berceau
Jusqu'au jour où le corps descend dans le tombeau ,
Quelle immolation pour une âme sensible !
Décrire nos douleurs nous serait impossible.
Ce monde ne parait que comme un vaste autel
Sur lequel chaque jour s'immole tout mortel.
Chaque jour du bûcher s'élève au ciel la flamme
Qui fait monter aussi les souffrances de l'âme.
Ce bûcher fut dressé des mains du créateur
Pour punir dans Adam le prévaricateur :
Comme un poison subtil , cette faute première
En se communiquant à la famille entière ,
Soumet le genre humain à l'expiation
Qu'Adam devait à Dieu par sa rebellion.
Par des coups redoublés Dieu frappe la victime ,
Pour la purifier de la tâche du crime.
Tout en l'homme , le corps , les sens , et la raison ,
Est flétri ; tout en lui demande guérison ,
Et Dieu par la douleur répare son ouvrage.
Pour un si long martyre il donne du courage :
Son esprit vient en nous , se mêle à nos soupirs ;

Avec nous il gémit, il forme nos désirs ;
Il fait luire en nos cœurs une douce lumière ;
Il donne un vol céleste à notre humble prière ;
Il remplit d'espérance, et de la charité
Il entretient en nous la sainte activité :
Il console nos maux, adoucit nos tristesses ;
Il devient notre appui dans toutes nos faiblesses ;
Et portant dans notre âme un élément divin,
A nos actes du ciel il ouvre le chemin :
Il allume le feu qui brûle la victime ;
Il rend l'âme soumise, il la rend magnanime ;
Et quand parait pour nous le jour sans lendemain
Il nous fait désirer le trépas comme un gain.

Mais Dieu ne fait pas seul l'œuvre du sacrifice :
Nous devons avec lui remplir toute justice :
L'homme à son tour devient un sacrificateur,
Pour que son holocauste ait une bonne odeur.
Il construit ici bas un céleste édifice,
Et rien à son travail ne se montre propice ;
Tout, constamment s'oppose à ses nombreux efforts :
Entouré d'ennemis et vigilants, et forts,
Il faut que d'une main il tienne la truelle,
Et dans l'autre toujours que le glaive étincelle.
Pour lui point de repos : ou sa main doit bâtir,
Ou son arme en frappant doit toujours retentir.
Nous devons, il est vrai, boire une coupe amère ;
Et la main qui nous l'offre ici parait sévère :
Mais celui qui du roc a fait jaillir les eaux,
Celui qui fait sortir les morts de leurs tombeaux,
Celui dont la puissance opère des prodiges,

Dont l'amour parmi nous laisse tant de vestiges ,
Peut de même changer l'amertume en douceur ;
Car l'homme est son image , il le porte en son cœur.
Il compte avec plaisir nos travaux , nos souffrances;
Dans l'homme qui l'honore il met ses complaisances;
En combattant pour lui nous travaillons pour nous :
S'il met sur nous son joug , il est léger et doux.
Chrétien , dans la mêlée , un Dieu puissant te guide;
Avec lui tu seras généreux , intrépide ;
Lève tes yeux au ciel : pour prix de ta valeur,
Dieu déjà te prépare un immense bonheur.

EPILOGUE.

Oui , je suis jeune encore , et je connais la vie :
Elle n'a rien pour moi qu'amertume et douleur :
A d'autres elle verse à pleins bords l'ambroisie :
Elle n'a pour mes jours ni charme , ni douceur.
Le dégoût m'accompagne , il me suit , me précède;
Si je viens à cueillir une rose en passant ,
Son épine me blesse : heureux , si le remède
Me fait croire au bonheur, tout en me guérissant.

Reçois , lecteur , ces quelques pages
D'un livre qui nous garde un triste souvenir,
Et dont les lugubres images
Expliquent le passé , le présent, l'avenir.
Ce livre , cher lecteur , chaque homme le compose:
Tout cœur qui sent chaque jour y dépose
Un regret , des ennuis , une larme , un soupir :
Il nous montre l'épine à côté de la rose ,

5

Et la douleur à côté du plaisir.
Avec le genre humain cette histoire commence :
Ce tissu de douleurs forme un poëme immense :
Quand les hommes verront le jour sans lendemain ,
Le dernier en sera le dernier écrivain.

PRIÈRE A MARIE. (Acrostiche.)

Je suis ton enfant, ô Marie ,
Entends les soupirs de mon cœur !
Sois l'heureux charme de ma vie :
Unis mon âme au Créateur.
Imitant tes vertus , je veux suivre tes traces :
Sois mon soutien , ma force , et dirige mes pas :
Tout est pour moi danger , nuit , assauts et menaces :
Oserai-je, sans toi , m'élancer aux combats ?
Ne m'abandonne pas , ô douce , ô tendre mère ,
Eclaire mon esprit , en toi mon âme espère :
Ne suis-je pas ton fils ? N'es-tu pas tout pour moi ?
Fléchirais-je mon Dieu , si j'étais loin de toi ?
Attire et prends mon cœur,qu'il t'aime avec tendresse!
Ne permets pas qu'il livre aux profanes plaisirs
Toute l'ardeur de ses désirs.
Occupe ma pensée , enrichis ma jeunesse ,
Modère de mes sens la fougue et les transports :
Adoucis tous mes maux, quand la douleur m'oppresse;
Ranime mon amour, si la froide vieillesse
Incline vers la terre et mon âme et mon corps :
Enfin du ciel un jour ouvre-moi les trésors.

FIN.

LES CHANTS

D'UNE

AME CHRÉTIENNE.

INVOCATION.

Cœur sacré de Jésus, brûlant d'amour pour moi,
Allume dans mon cœur un tendre amour pour toi.
Seigneur, daignez ouvrir ma bouche à la prière ;
Je voue, à vous louer mon cœur, ma vie entière.
Seigneur, en ce moment, venez à mon secours :
Assistez-moi, venez, à vous seul j'ai recours.

    Amour, louange, honneur et gloire
    Au Père, au Fils mon Rédempteur ;
    Au Saint Esprit semblable honneur :
    Dans tous les temps, j'aime à le croire,
    A bénir Dieu je mettrai mon bonheur.

Je dois vous consacrer ces accents, ô Marie,
Daignez en agréer la pieuse harmonie :
La foi les a formés, votre amour les produit,
Or, de vous faire aimer que ce soit leur doux fruit !

LES CHANTS
D'UNE AME CHRÉTIENNE.

ACTES DES VERTUS THÉOLOGALES.

ACTE DE FOI.

A tout mystère ,
D'un cœur sincère ,
Je crois , Seigneur :
Ma foi redoute
Même le doute
Comme un malheur.

Ce qu'enseigne l'Eglise sainte ,
Je l'admets , je le crois , sans crainte :
Elle enseigne la vérité :
Tu parles , Seigneur , par sa bouche :
Sa grande voix m'instruit, me touche ;
C'est la suprême autorité.

A tout mystère ,
D'un cœur sincère ,
Je crois , Seigneur :
Ma foi redoute
Même le doute
Comme un malheur.

De ton auguste tabernacle
Est venu , Grand Dieu , ton oracle.
Pourrait-il jamais nous tromper ?
Non , il est la vérité même ,

Il est notre raison suprême :
L'erreur ne peut l'envelopper.

> A tout mystère ,
> D'un cœur sincère ,
> Je crois , Seigneur ,
> Ma foi redoute
> Même le doute
> Comme un malheur.

ACTE D'ESPÉRANCE.

> Dans ma misère ,
> En toi j'espère ,
> Dieu de ma foi :
> Douce espérance ,
> Par ta présence ,
> Console moi.

Pour moi Jésus s'est fait victime ,
De lui me vient le sort sublime
D'être destiné pour les cieux.
Je comprends que ce monde passe :
Mon Dieu , j'espère que ta grâce.
Rendra mon bras victorieux.

> Dans ma misère ,
> En toi j'espère ,
> Dieu de ma foi.
> Douce espérance ,
> Par ta présence ,
> Console-moi.

J'espère qu'à ta voix fidèle ,
Te servant toujours avec zèle ,

J'irai jouir de ta splendeur.
J'espère en tes saintes largesses :
Je n'oublîrai pas tes promesses ;
Ne me montre pas ta rigueur.

> Dans ma misère ,
> En toi j'espère ,
> Dieu de ma foi.
> Douce espérance ,
> Par ta présence ,
> Console-moi.

ACTE DE CHARITÉ.

> Beauté suprême ,
> Mon âme t'aime
> Par dessus tout.
> L'amour céleste
> Pour tout le reste
> N'a que dégoût.

O Dieu , beauté surnaturelle ,
Dans tous les temps beauté nouvelle ,
Pour toi je me sens plein d'amour :
Mon cœur veut t'aimer sans partage ;
Je veux que ce constant hommage
S'élève vers toi chaque jour.

> Beauté suprême ,
> Mon âme t'aime
> Par-dessus tout.
> L'amour céleste
> Pour tout le reste
> N'a que dégoût.

Sur cette terre passagère ,
Pour moi tout mortel est un frère ;
Aussi , je l'aime comme moi.
De cet amour la source pure
Descend du ciel , et la nature ,
Dieu puissant , la reçoit de toi.

> Beauté suprême ,
> Mon âme t'aime
> Par-dessus tout.
> L'amour céleste
> Pour tout le reste
> N'a que dégoût.

L'EUCHARISTIE.

> Que j'aime ce mystère
> Où l'auteur de ma foi ,
> Ce Dieu que je vénère
> Se donne tout à moi.

Pain des élus , ô pain de vie ,
O pain des forts , Eucharistie ,
De tout cœur pur précieux aliment ,
Dans cet exil viens me nourrir souvent.

> Jésus , comme un bon père ,
> M'invite à son festin ;
> Sans lui , sur cette terre
> Je serais orphelin.

Pain des élus , ô pain de vie ,
O pain des forts , Eucharistie ,
De tout cœur pur précieux aliment ,
Dans cet exil viens me nourrir souvent.

De l'aimer il me presse ;
Il m'ouvre ses trésors :
L'excès de sa tendresse
Me cause des transports.

Pain des élus, ô pain de vie,
O pain des forts, Eucharistie,
De tout cœur pur précieux aliment,
Dans cet exil viens me nourrir souvent.

Qu'autour de lui les anges,
Ravis de sa beauté,
Chantent dans leurs louanges
Cet excès de bonté.

Pain des élus, ô pain de vie,
O pain des forts, Eucharistie,
De tout cœur pur précieux aliment,
Dans cet exil viens me nourrir souvent.

Les cieux font leurs délices
De l'aimer, de le voir.
Nos faibles sacrifices
Nous le font recevoir.

Pain des élus, ô pain de vie,
O pain des forts, Eucharistie,
De tout cœur pur précieux aliment,
Dans cet exil viens me nourrir souvent.

Pour moi, quel doux dictame
Que cet heureux festin !
Il dépose en mon âme
Un germe tout divin.

Pain des élus, ô pain de vie,
O pain des forts, Eucharistie,

De tout cœur pur précieux aliment,
Dans cet exil viens me nourrir souvent.

    Pour Jésus je veux vivre ;
    Je le jure en ce jour.
    A moi Jésus se livre
    Dans ce festin d'amour.

Pain des élus, ô pain de vie,
O pain des forts, Eucharistie,
De tout cœur pur précieux aliment,
Dans cet exil viens me nourrir souvent.

    Et quand viendra cette heure
    Où le grand jour luira,
    Dans la sainte demeure
    Toute ombre cessera.

Pain des élus, ô pain de vie,
O pain des forts, Eucharistie,
De tout cœur pur précieux aliment,
Dans cet exil viens me nourrir souvent.

ACTES AVANT LA COMMUNION.

ACTE DE FOI.

Doux Jésus, auteur de ma vie,
Vous êtes dans l'Eucharistie :
Je crois, en toute vérité,
Que sous de sensibles espèces
Vous nous prodiguez les richesses

De votre sainte humanité.

Votre corps, votre sang, votre âme
Me sont offerts : ma foi proclame
Et sent votre divinité.

Dieu d'amour, ô Jésus, donnez-moi pour partage
De vous aimer toujours et toujours d'avantage.

ACTE D'ADORATION.

Jésus, mon bonheur véritable,
Que vous êtes grand, adorable !
Je me prosterne devant vous.
Vous vous abaissez, je m'abaisse :
Le poids de vos grandeurs m'oppresse :
Je m'anéantis à genoux.
Devant mon roi, mon divin maître,
Qui seul est le souverain être,
Faibles mortels, que sommes-nous ?

Dieu d'amour, ô Jésus, donnez-moi pour partage
De vous aimer toujours et toujours d'avantage.

ACTE D'HUMILITÉ.

O Jésus, la Sainteté même,
Vous voyez ma faiblesse extrême !
Hélas ! je ne suis qu'un pécheur :
Contre moi votre cœur s'indigne ;
Je le sens, je ne suis pas digne
De recevoir mon créateur.
Jésus, avec vous je m'immole :
Dites une seule parole
Et je serai plein de ferveur.

Dieu d'amour, ô Jésus, donnez-moi pour partage
De vous aimer toujours et toujours d'avantage.

ACTE DE CONTRITION.

Jésus , ô douceur ineffable ,
Souvent , hélas ! mon cœur coupable
A gémi dans l'iniquité !
A vos pieds la douleur le brise :
Aujourd'hui mon âme méprise
De ce monde la vanité.
Pardonnez-moi , Dieu de clémence ,
Et revêtez-moi d'innocence ;
Je vous promets fidélité.
Dieu d'amour , ô Jésus , donnez-moi pour partage
De vous aimer toujours et toujours d'avantage.

ACTE D'AMOUR.

Jésus , céleste nourriture ,
Qui vous vous donnez sans mesure ,
Qui pourrait ne pas vous aimer ?
Je vous aime d'un cœur sincère ,
Aimable époux , ô tendre père ,
Votre amour seul peut me charmer.
Oui , vos grandeurs sont infinies ;
Que tant de beautés réunies
Puissent toujours me ranimer !
Dieu d'amour , ô Jésus , donnez-moi pour partage
De vous aimer toujours et toujours d'avantage.

ACTE DE DESIR.

O doux Jésus , je vous désire ;
Après vous seul mon cœur soupire ;

A vous quand pourrai-je m'unir !
Pour moi trop longue en est l'attente,
Quand Jésus à nous se présente,
Bonheur, hâtez-vous de venir !
Jésus vient avec sa tendresse,
Il me transporte d'allégresse,
Comment puis-je me contenir !
Dieu d'amour, ô Jésus, donnez-moi pour partage
De vous aimer toujours et toujours d'avantage.

LE SAINT SACRIFICE DE LA MESSE.

Depuis le Commencement jusqu'à l'Offertoire.

J'entre, Seigneur, dans votre sanctuaire :
Vous me rendrez cet acte salutaire :
De toute impureté daignez me détacher ;
De vous un cœur souillé ne doit pas approcher.

Pourquoi, mon âme, admets-tu la tristesse ?
Près des autels doit régner l'allégresse :
Ah ! j'ai péché, Seigneur, je vous en fais l'aveu ;
En moi de votre amour allumez le doux feu.

Plein de respect, mon Dieu, je vous adore,
Mon cœur gémit et ma voix vous implore.
Faites grâce, Seigneur, ayez pitié de moi :
Je regrette d'avoir transgressé votre loi.

Au tout-Puissant, amour, louange et gloire ;
Au cœur chrétien la paix et la victoire :

Vous êtes , ô Jésus , le seul Dieu trois fois saint ,
Mon maître, mon Sauveur, que mon cœur aime et craint.

Sainte parole ,
O pur symbole ,
Reste en mon cœur ;
Car la constance
De ma croyance
Fait mon bonheur.

Depuis l'Offertoire jusqu'au Sanctus.

O Père Saint , agréez cette hostie ;
Vivans et morts tirent d'elle la vie :
Réalisez en nous le glorieux destin
Que marque l'union de l'eau mêlée au vin.

Nous vous offrons du salut le calice ;
Appliquez-nous le prix du sacrifice :
Seigneur , lavez mes mains, purifiez mon cœur ,
Pour toute iniquité pénétrez-moi d'horreur.

Trinité sainte , agréez cette offrande :
Don précieux , son influence est grande :
Par elle tous les lieux louent votre majesté ,
Par elle en votre honneur tout siècle a répété :

Saint l'ineffable ,
Saint l'admirable ,
Saint Jéhovah ,
Tout de sa gloire ,
Disant l'histoire ,
Chante hosanna.

Depuis le Sanctus jusqu'à l'Élévation.

Seigneur, donnez la paix à votre église ;
Préservez-la de tout ce qui divise ;
Daignez communiquer votre esprit aux pasteurs ;
Et garantissez-nous des piéges séducteurs.

Unis à vous, glorieuse Marie,
Premiers pasteurs de la vigne chérie,
Apôtres et martyrs, vous tous amis de Dieu,
Faites-nous prendre part aux faveurs de ce lieu.

Il s'accomplit l'ineffable mystère :
Jésus, levant les yeux vers Dieu son père,
Offrit, bénit le pain, ce pain qui nous rend forts,
Et dit aux siens : prenez, mangez, voici mon corps.

Honneur, victoire,
Louange et gloire,
A vous, Jésus !
Ils vous honorent,
Ils vous implorent
Nos cœurs émus.

Pour compléter l'auguste sacrifice,
Jésus, prenant le précieux calice,
Leur dit : prenez, buvez, il vient dans votre rang,
Ce calice divin, c'est celui de mon sang.

De la nouvelle,
De l'éternelle
Et sainte loi,

C'est un mystère
Auquel adhère
Qui vit de foi.

Pour satisfaire
A Dieu mon père ,
Ce sang est dû.
Pour qu'il pardonne ,
Je vous le donne
Tout répandu.

Du sacrifice
A tous propice
Suivez la loi.
Aux cœurs fidèles
Vous , leurs modèles ,
Rappelez-moi.

Depuis l'Élévation jusqu'au Pater.

Jetez , Seigneur , un regard favorable
Sur l'holocauste à vos yeux agréable :
Ordonnez que ces dons portés à votre autel
Opèrent parmi nous le salut éternel.

Et parmi ceux qui , remplis d'espérance ,
Dans l'autre vie endurent la souffrance ,
Qu'ils apportent toujours, pour remplir leurs souhaits,
Le rafraîchissement, la lumière et la paix.

Que le Seigneur , par sa miséricorde ,
Avec les Saints une part nous accorde.
O Père des humains , dont le trône est aux cieux ,
Que votre nom sacré soit craint dans tous les lieux.

Que votre règne à nous tous nous arrive ;
Que sous vos lois tout esprit se captive :
Donnez-nous aujourd'hui notre pain quotidien ;
Pardonnez nos péchés, de vous descend tout bien.

Nous pardonnons de cœur à notre frère :
Ne soyez pas pour vos enfans sévère :
Rendez-nous généreux dans les tentations,
Et délivrez du mal toutes nos actions.

Douce espérance,
Ton influence
Calme mes maux.
Dans le mystère
Mon cœur espère
Des biens nouveaux.

Depuis le Pater jusqu'à la Fin.

Agneau de Dieu, réparateur du monde,
Agneau de Dieu, des biens source féconde,
Agneau de Dieu, daignez avoir pitié de nous,
Et donnez-nous la paix, Jésus, agneau si doux.

Dites, Jésus, une seule parole ;
Et votre voix qui guérit, qui console,
Guérira tous mes maux, consolera mon cœur,
Et répandra dans moi le calme et la vigueur.

De Jésus-Christ que le corps véritable,
Ici présent, et vraiment adorable,
Descendu par amour du ciel sur cet autel,
Me garde toujours pur pour le règne éternel.

Mon bien suprême ,
Dieu , je vous aime
De tout mon cœur.
Pour vous mon âme ,
Comme une flamme ,
Brûle d'ardeur.

ACTES APRÈS LA COMMUNION.

ACTE D'ADORATION.

Divin Jésus , vous voilà dans mon cœur :
Dieu trois fois aint , agréez mon hommage :
A vous , Jésus , appartient tout honneur ;
Vous posséder , quel brillant avantage !
Gloire à Jésus : ô fils de l'Eternel ,
Régnez sur tous dans le ciel sur la terre ;
Que tout esprit , en ce jour solennel ,
S'unisse à moi , vous aime et vous révère.
Jésus , tout mon amour , Jésus , tout mon bonheur ,
De votre feu céleste embrasez tout mon cœur !

ACTE D'AMOUR.

Divin Jésus , vous voilà dans mon cœur :
Quelle bonté ! que vous êtes aimable !
Je sens pour vous une nouvelle ardeur ,
Je ne vois rien qui vous soit préférable.
Je le promets : je veux n'aimer que vous :
A vous mon cœur , à vous toute mon âme :

Aimer Jésus est-il rien de plus doux ?
Ciel, pour l'aimer, prêtez-moi votre flamme.
Jésus, tout mon amour, Jésus, tout mon bonheur,.
De votre feu céleste embrasez tout mon cœur.

ACTE DE REMERCIMENT.

Divin Jésus, vous voilà dans mon cœur :
Non, le tribut de ma reconnaissance
Ne peut, hélas ! égaler la faveur
De vos bienfaits et de votre présence.
Je reconnais votre immense bonté :
J'exalte en vous tant de munificence :
Le souvenir de votre charité
Ne finira qu'avec mon existence.
Jésus, tout mon amour, Jésus, tout mon bonheur,
De votre feu céleste embrasez tout mon cœur.

ACTE D'OFFRANDE.

Divin Jésus, vous voilà dans mon cœur :
De votre enfant acceptez donc l'offrande !
Je suis à vous, tout à vous, bon pasteur ;
Prenez mes biens, votre amour les demande.
Esprit, talents, crédit, vigueur, santé,
Desseins, désirs, fortune, jouissance,
OEuvres, pensers, sentiments, volonté ;
Acceptez tout, même mon existence.
Jésus, tout mon amour, Jésus, tout mon bonheur,
De votre feu céleste embrasez tout mon cœur.

ACTE DE DEMANDE.

Divin Jésus , vous voilà dans mon cœur :
De tous les biens inépuisable source ,
Trésor royal , soutien dans le labeur ,
Dans nos besoins abondante ressource ,
Otez en moi tout ce qui vous déplait ;
Vivez en moi , qu'en vous toujours je vive ;
Qu'en vous servant j'aspire au plus parfait ;
Dans votre sein qu'un jour mon âme arrive.
Jésus , tout mon amour , Jésus , tout mon bonheur ,
De votre feu céleste embrasez tout mon cœur.

ACTE DE BON PROPOS.

Divin Jésus , vous voilà dans mon cœur :
A tout péché , dès ce jour , je renonce :
Vous offenser de nouveau , quel malheur !
En vous perdant dans l'abîme on s'enfonce :
Dans vos sentiers , Seigneur , conservez-moi :
Plutôt mourir que de vivre infidèle :
De votre amour je veux suivre la loi
Pour mériter la couronne immortelle.
Jésus , tout mon amour , Jésus, tout mon bonheur ,
De votre feu céleste embrasez tout mon cœur.

DIEU SEUL EST GRAND.

Dieu seul est grand : tout ici sur la terre ,
Tout dans les cieux annonce ses grandeurs :
Sa main enfante et lance le tonnerre ,

Et donne aux champs et les fruits et les fleurs :
Tout obéit à sa haute puissance :
Dans tous les lieux s'étend sa providence :
Il dit : sa voix féconde le néant :
De l'univers l'admirable harmonie
Fait voir de Dieu la sagesse infinie
Qui donne à tout l'être , le mouvement.

> Célébrons sa mémoire ,
> Unissons nos concerts ,
> Et chantons tous la gloire
> Du Dieu de l'univers.

Il donne aux fleurs leur riante parure ,
En les peignant de diverses couleurs.
Sa main répand les tapis de verdure ,
Et les parfums des suaves odeurs.
Dans les oiseaux il met la mélodie ;
Au fond des mers il prodigue la vie :
Les animaux que la terre nourrit ,
Dont on ne peut calculer le grand nombre ,
De son pouvoir sont-ils à peine une ombre :
Dieu seul est grand , l'univers m'en instruit.

> Célébrons sa mémoire ,
> Unissons nos concerts ,
> Et chantons tous la gloire
> Du Dieu de l'univers.

Dieu , créant l'homme à sa divine image ,
Le distingua par d'insignes bienfaits :
L'homme perdit son brillant apanage ,
Et le moyen de l'obtenir jamais.
Ce Dieu si grand se montra père tendre :

Il envoya , tant d'amour doit surprendre ,
Son divin fils qui répandit son sang
Pour réparer le désolant ravage
Que le péché faisait à son ouvrage :
Dieu seul est bon , le Seigneur seul est grand.

    Célébrons sa mémoire ,
    Unissons nos concerts ,
    Et chantons tous la gloire
    Du Dieu de l'univers.

Tout, à ses yeux , n'est que faible poussière :
Tout l'océan n'est qu'une goutte d'eau.
Son vêtement : c'est l'éclat , la lumière.
Il dit : le mort sort vivant du tombeau.
L'éternité ; voilà quel est son âge :
L'immensité ; voilà son apanage :
Sa sainteté ; quel esprit la comprend ?
Son char de feu ; c'est la brillante nue :
Sa main puissante est partout étendue :
Par lui tout vit , le Seigneur seul est grand.

    Célébrons sa mémoire ,
    Unissons nos concerts ,
    Et chantons tous la gloire
    Du Dieu de l'univers.

BETHLÉEM.

Noel.

Que j'aime cette pauvre étable
Où le divin enfant est né !
Elle est à mes yeux préférable
Au palais du plus fortuné.

Joseph est là ,
Marie est là ,
Jésus est là :
Tout le ciel , le voilà.

Que j'aime cette terre humide
Sur laquelle on marche en entrant !
Elle est à mes yeux bien splendide ,
Par le choix du Dieu tout-puissant.

Joseph est là ,
Marie est là ,
Jésus est là :
Tout le ciel , le voilà,

Que j'aime la petite crêche
Dans laquelle je vois Jésus !
Car il me semble qu'elle prêche :
« Les orgueilleux sont confondus. »

Jésus est là ,
Non loin de là ,
Marie est là ,
Joseph est là :
Tout le ciel , le voilà.

Que j'aime surtout cette paille
Où sont ses membres innocents !
Car je la vois livrer bataille
A la mollesse de nos sens.

Jésus est là ,
Non loin de là ,
Marie est là ,
Joseph est là :
Tout le ciel , le voilà.

Que j'aime ces petites langes
Qui ressèrent son petit corps !
Elles excitent dans les anges
De grands, de sublimes transports.

> Jésus est là ,
> Non loin de là ,
> Marie est là ,
> Joseph est là :
> Tout le ciel , le voilà.

Que j'aime cet endroit paisible
De tous les mondains méconnu !
On n'y ressent rien de pénible ,
C'est l'asile de la vertu.

> Joseph est là ,
> Marie est là ,
> Jésus est là ,
> Jésus est là :
> Tout le ciel , le voilà.

———————

L'HEUREUSE NOUVELLE.

NOEL.

Un prodige s'opère :
Je vois les cieux s'ouvrir :
Quelques mots d'un mystère
Viennent de retentir.

Ecoutons : ces concerts s'adressent à la terre :
Sion , console-toi ; voici ton rédempteur ;
Sous les traits d'un enfant il s'offre à ton hommage.

Sion , rassure-toi ; bannis toute frayeur ;
Il vient te délivrer du joug de l'esclavage ;
C'est un Dieu faible enfant, mais c'est un Dieu vainqueur.

Du céleste portique
Émane une clarté :
Une troupe angélique
Célèbre la bonté

Du Très-Haut : écoutons son sublime cantique :
Dieu pour l'humanité s'est fait un Dieu d'amour :
Il descend , il s'abaisse à la nature humaine.
Terre et Cieux , écoutez et chantez en ce jour :
Gloire à toi dans les cieux , majesté souveraine,
Paix à tous les mortels dans leur triste séjour.

Quelle troupe s'empresse
D'aller voir cet enfant !
Quelle vive allégresse !
Oh ! quel amour ardent !

Ecoutons : des bergers la voix nous intéresse :
O Dieu de pauvreté , nous vous reconnaissons,
Sous ces haillons obscurs , pour le maître du monde.
Vous attirez nos cœurs , et nous vous apportons
De leur respect pour vous une marque profonde :
A vos pieds prosternés tous nous vous adorons.

Quelle miséricorde !
Un Dieu vient parmi nous !
Et ce Dieu nous accorde
Le souris le plus doux !

Ecoutons : il nous prêche et pardon et concorde :
Jésus , divin enfant, près de votre berceau,
Nous venons , attirés par vos saintes caresses :

6

Il nait dans notre cœur un espoir tout nouveau :
Nous venons vous porter de sincères promesses :
Nous vivrons sous vos lois au-delà du tombeau.

LE BONHEUR ACCORDÉ.

NOEL.

Noel , Noel , Noel ,
Noel , jour magnifique ,
Noel , jour de bonheur ,
Noel , sois le cantique
Qui réjouit mon cœur ,
Noel , Noel , Noel.

Hommes de foi , patriarches célèbres ,
Un grand désir remplissait votre cœur :
C'était de voir le jour du rédempteur.
Ce jour nous luit et chasse les ténèbres.
Noel nous dit sur un ton solennel :
Aujourd'hui naît le fils de l'éternel.

Noel , Noel , Noel ,
Noel , jour magnifique ,
Noel , jour de bonheur ,
Noel , sois le cantique
Qui réjouit mon cœur ,
Noel , Noel , Noel.

Et vous aussi , prophètes vénérables ,
Vous nous avez annoncé l'avenir
De cet enfant qui devait nous bénir.
Ils sont venus ces temps si favorables.
Noel nous dit sur un ton solennel :
Aujourd'hui naît le fils de l'Eternel.

Noel , Noel , Noel ,
Noel , jour magnifique ,
Noel , jour de bonheur ,
Noel , sois le cantique
Qui réjouit mon cœur.
Noel , Noel , Noel.

Justes , vivant sous cette loi de crainte
Qui figurait la loi de charité ,
Vous désiriez voir la réalité :
Apprenez donc une merveille sainte :
Noel nous dit sur un ton solennel :
Aujourd'hui naît le fils de l'Eternel.

Noel , Noel , Noel ,
Noel , jour magnifique ,
Noel , jour de bonheur ,
Noel , sois le cantique
Qui réjouit mon cœur ,
Noel , Noel , Noel.

Bien plus heureux que ces saints personnages
Qui n'ont pu voir cet enfant désiré ,
Chrétiens , tenons notre cœur préparé.
L'heure est venue , apportons nos hommages.
Noel nous dit sur un ton solennel :
Aujourd'hui naît le fils de l'Eternel.

Noel , Noel , Noel ,
Noel , jour magnifique ,
Noel , jour de bonheur ,
Noel , sois le cantique
Qui réjouit mon cœur.
Noel , Noel , Noel.

HYMNE AU SAINT CŒUR DE MARIE.

Honneur au saint cœur de Marie
A qui Jésus donna ses feux,
Et dont la tendresse infinie
Se répand sur les malheureux.
Ce saint cœur connut sans nuage
Celui qui du monde est l'auteur ;
Il aima toujours sans partage
Son Dieu, son maître et son sauveur.

Honneur au saint cœur de Marie
Dont le sang coula dans Jésus :
Sang précieux, source de vie,
Sans lui, nous serions tous perdus.
Ce Saint cœur rempli de tendresse,
Pour son Dieu palpitant d'amour,
Répand sur nous avec largesse
De nombreux bienfaits chaque jour.

Amour au saint cœur de Marie
Qui, pour nous sauver, consentit
Que son fils devînt une hostie,
Qu'il s'immolât, et qu'il souffrit.
Ce cœur souffrant et magnanime
Ressentit les coups des bourreaux
Que cette innocente victime
Endura pour guérir nos maux.

Amour au saint cœur de Marie
Gémissant au pied de la croix :

C'est pour nous que sa douleur prie
Et qu'il en porte tout le poids :
Sous les yeux d'un Dieu débonnaire
Ce cœur plongé dans les tourments,
Au sommet du triste calvaire
Nous adopta pour ses enfants.

Louange au saint cœur de Marie
Qui s'intéresse à nos malheurs :
Au cœur qui l'aime et qui le prie
Il ne peut nier ses faveurs.
C'est, vraiment, le cœur d'une mère :
Son bonheur est de soulager :
Il rend toute peine légère ,
Il préserve de tout danger.

Louange au saint cœur de Marie ,
C'est un modèle de vertus :
Suivons cette mère chérie
Et nous en serons revêtus.
De ce cœur ayons l'innocence ,
La candeur , et la pureté ,
L'humilité , l'obéissance ,
Et nous aurons sa sainteté.

Gloire au sacré cœur de Marie
Fournaise du plus vif amour ;
Au corps il arracha la vie
Pour voler au divin séjour.
La terre n'en était pas digne ;
Sa place était au firmament :

Là , pour nous il devient un signe
Contre tout fâcheux accident.

Gloire au sacré cœur de Marie :
Il est couronné dans les cieux ;
La cour céleste en est ravie ;
Son éclat est délicieux.
Il règne sur les chœurs des anges ;
Sur Jésus il a tout pouvoir ;
Célébrons-le par nos louanges ,
Espérons tous , un jour , le voir.

Ecoute , ô saint cœur de Marie ,
La voix , le soupir de mon cœur !
La voix d'un enfant qui te prie
Obtient toujours quelque faveur :
Accorde-moi , dans cette vie ,
De t'honorer , de te chérir ;
Et dans l'éternelle patrie ,
De te louer , de te bénir.

A JÉSUS PAR MARIE.

Gloire à Jésus résidant sur l'autel :
Allons à lui par le cœur de Marie :
Quelle bonté dans ce cœur maternel !
Ce cœur fera le charme de ma vie.

Gloire à Jésus résidant sur l'autel :
Adorons-le dans le cœur de Marie :
Ce cœur sacré , temple de l'éternel ,

Contient du ciel la sagesse infinie.

Gloire à Jésus résidant sur l'autel :
Apprenons tous du saint cœur de Marie,
Comment on peut, d'un amour éternel,
Brûler pour Dieu, pure et vivante hostie.

Gloire à Jésus résidant sur l'autel :
Amour, louange au saint cœur de Marie :
De ce cœur pur descend sur tout mortel
Tout don du ciel qui touche et vivifie.

HYMNE AU SACRÉ CŒUR DE JÉSUS.

Cœur divin de Jésus, cœur à jamais aimable,
Viens allumer en nous le feu de ton amour.
Fais nous goûter toujours ta douceur ineffable,
Dans l'exil, et surtout au céleste séjour.

Cœur divin de Jésus, splendeur de Dieu le père,
Qui brilles parmi nous d'un éclat ravissant,
Ta beauté me transporte, elle me régénère :
Sans elle, dans le bien, mon cœur est languissant.

Cœur divin de Jésus, où, du fils la sagesse
A versé les trésors de science et d'amour,
Je veux t'aimer toujours, te contempler sans éesse,
Te louer, te bénir, t'honorer chaque jour.

Cœur divin de Jésus, que l'esprit saint embrase
Du feu qui brûle au sein de la divinité,
Viens ranimer mon cœur et qu'il soit comme un vase
Répandant en tous lieux l'odeur de sainteté.

Cœur divin de Jésus, doux foyer de lumière,
Astre resplendissant, et soleil radieux,
Illumine ma voie, éclaire ma carrière,
Et dissipe la nuit qui m'obscurcit les yeux.

Cœur divin de Jésus, sur la mer orageuse,
Fais descendre un rayon qui me montre l'écueil :
Rends, dans tous les dangers, mon âme courageuse;
A ton enfant soumis prépare un doux accueil.

Cœur divin de Jésus, dans cette nuit obscure,
Montre-moi ta beauté, découvre-moi tes feux :
Soutiens dans ses labeurs l'inconstante nature,
Et que ta gloire un jour couronne tous mes vœux.

Cœur divin de Jésus, cœur arche d'alliance,
Où de l'homme avec Dieu se forme l'union,
En toi je trouve ici de la paix l'abondance,
De Dieu je suis l'enfant : ô sainte adoption !

Cœur divin de Jésus, ô perle précieuse,
Heureux qui sur ses pas peut ici te trouver !
Tu remplis les désirs d'une âme ambitieuse.
O mortels inquiets, vous pouvez l'éprouver.

Cœur divin de Jésus, auguste sanctuaire,
Temple de sainteté, refuge du pécheur,
Abîme de vertus, asile tutélaire,
Océan de bonté, source du vrai bonheur.

Cœur divin de Jésus, miroir d'obéissance,
Modèle des élus, toujours plein de douceur;
Riche trésor d'amour, toute ma jouissance
Sera de mettre en toi ma vie et mon bonheur.

Cœur divin de Jésus , je t'aime et je t'adore.
Vertu , courage , amour , en toi je veux puiser.
Efface les péchés que mon âme déplore ;
En toi , cœur de Jésus , je veux me reposer.

Cœur divin de Jésus , qui des cieux fais la gloire ,
Qui , par excès d'amour , habites parmi nous ,
Règne dans notre cœur , sois dans notre mémoire ,
T'aimer fait mon bonheur , il n'est rien de plus doux.

Cœur divin de Jésus , ô cœur , source de grâces ,
Qui ne sais refuser ce que nous demandons :
Tu nous vois malheureux , console nos disgrâces ,
Accorde-nous surtout ce que nous attendons.

Cœur divin de Jésus , qui , comme sur un trône ,
Accueilles tous les vœux qu'à toi nous adressons ,
Si tu dis bienheureux celui qui fait l'aumône ,
Tu te plais à donner et nous le confessons.

Cœur divin de Jésus , à qui toute puissance
Fut donnée ; et sur qui l'amour a tant de droits ,
Quel pécheur pourrait-il manquer de confiance ?
La bonté , le pouvoir , en toi sont à la fois.

Cœur divin de Jésus , qui , de l'amour victime ,
As répandu pour moi tout ton sang précieux ,
Dépose dans mon âme un amour magnanime ;
Pour que dans mes combats je sois victorieux.

Cœur divin de Jésus , pour fermer ma blessure ,
Tu voulus ressentir les plus vives douleurs !
Tu permis que le fer te fit une ouverture
Pour que de ton amour on vit les profondeurs.

Cœur divin de Jésus , qui d'un amer calice
Daignas , pour nous sauver , accepter les rigueurs ,
Change en amour ardent de nos cœurs la malice ,
Et fais autant d'élus de tes persécuteurs.

Cœur divin de Jésus , ô source intarissable
D'indulgence et d'amour , de douceur , de bonté ,
Cœur humble et bienfaisant , et vraiment adorable ,
En toi sont les trésors de la divinité.

Cœur divin de Jésus , pour moi bain salutaire ,
Par toi s'ouvrent les cieux et l'enfer est fermé.
Pour pleurer mes péchés, cœur , tu m'es nécessaire ;
Ah ! que ne t'ai-je , hélas , plus tendrement aimé !

Cœur divin de Jésus , ô festin admirable ,
Tu t'offres tout entier au sacrement d'amour.
Là , pour moi tu deviens un banquet ineffable ;
Ah ! daigne me changer en toi de jour en jour.

Sois notre ferme appui , notre persévérance ,
Notre paix , notre joie au jour de la douleur ;
Guide nos pas tremblants , soutiens notre espérance ;
Du juge souverain désarme la rigueur.

Cœur divin de Jésus , à mon heure dernière
Viens me fortifier , adoucir tous mes maux ,
Sois toujours dans mon cœur , écoute ma prière ;
Et je ne craindrai plus de l'enfer les assauts.

Cœur divin de Jésus , quand la faible nature ,
Triste , succombera sous les coups de la mort ,
Permets que de ton nom ma lèvre encor murmure
La douceur : cette grâce adoucira mon sort.

Cœur divin de Jésus , ma couronne immortelle ,
Un jour , c'est mon espoir , je te contemplerai
Sans voile et sans énigme ; ô ma gloire éternelle ,
Dans les cieux , cœur sacré , toujours je t'aimerai.

Cœur divin de Jésus , fais qu'ici je t'honore ,
Et que de tes vertus je sois l'imitateur.
Qu'un vif amour pour toi sans cesse me dévore ,
Et que par cet amour je t'immole mon cœur.

Cœur divin de Jésus , je viens t'offrir mon âme :
Le monde voudrait bien m'engager sous sa loi ;
Mais puis-je le servir quand tout en toi réclame
Que je livre à toi seul mon amour et ma foi ?

Cœur divin de Jésus , ô cœur mon bien suprême
Je me consacre à toi maintenant et toujours :
Accepte tous mes biens , mon existence même ,
Je veux à te bénir employer tous mes jours.

AU SALUT DU JOUR DE LA CIRCONCISION.

Du sacrement que je révère ,
Où l'âme adore un Dieu d'amour ,
La foi me conduit au mystère ,
Au grand mystère de ce jour.
Sous quelque trait qu'il s'humilie ,
Et qu'il me cache sa grandeur ,
Ma foi le reconnait , et mon amour publie ,
Que c'est Jésus mon maître , et le Dieu de mon cœur.

Règne toujours sur moi , Jésus , mon divin maître ,
Tu me vois à tes pieds ; ah ! daigne me bénir !

Que je puisse t'aimer , te servir , te connaître ,
Maintenant et surtout dans le règne à venir.

Huit jours après que sa naissance
L'eut fait descendre parmi nous ,
La soif qu'il a pour la souffrance
Le soumet si jeuneà ses coups .
Déjà commence son martyre ,
Il répand aujourd'hui son sang :
Il immole sa chair , il se fait circoncire ,
Et , par là , des pécheurs Jésus se met au rang.
Règne toujours sur moi , Jésus , mon divin maître ,
Tu me vois à tes pieds ; ah ! daigne me bénir !
Que je puisse t'aimer , te servir , te connaître ,
Maintenant et surtout dans le règne à venir.

Si , jusqu'à l'état de victime ,
Il abaisse ses attributs ,
Le ciel lui donne un nom sublime ,
Le nom sublime de Jésus .
O nom sacré , tu fais ma joie ,
Tu me parles d'un Dieu Sauveur ,
Tu fais tout mon espoir : l'enfer rendra sa proie ,
Car l'homme est ta conquête et Jésus est vainqueur.
Règne toujours sur moi , Jésus , mon divin maître ,
Tu me vois à tes pieds ; ah ! daigne me bénir !
Que je puisse t'aimer , te servir , te connaître ,
Maintenant et surtout dans le règne à venir.

En ce beau jour se renouvelle
D'un an de grâce l'heureux cours :
Que jamais je sois infidèle

En abusant de ton secours !
Mon Dieu, permets qu'ici j'espire
Plutôt que de t'abandonner ;
Je veux vivre et mourir sous ton aimable empire ;
Je tiens tout de tes mains, je veux tout te donner.

Règne toujours sur moi, Jésus, mon divin maître,
Tu me vois à tes pieds : ah ! daigne me bénir !
Que je puisse t'aimer, te servir, te connaître,
Maintenant et surtout dans le règne à venir.

AU SALUT DU JOUR DE L'ÉPIPHANIE.

Du Sacrement que je révère,
Où l'âme adore un Dieu d'amour,
La foi me conduit au mystère,
Au grand mystère de ce jour.
Sous quelque trait qu'il s'humilie,
Et qu'il me cache sa grandeur.
Ma foi le reconnait, et mon amour publie,
Que c'est Jésus mon maître, et le Dieu de mon cœur.

O roi des rois, notre souverain maître,
Dieu tout puissant, qui regnes dans les cieux,
Faible, mortel, pour nous tu voulus naître ;
Nous t'adorons comme ces rois pieux.

Ces rois, conduits par une étoile
Qui descendit du firmament,
Virent se déchirer le voile
Qui causait leur aveuglement.
Trouvant leur Dieu dans la faiblesse,
Ils l'adorèrent pleins de foi ;

Jetèrent à ses pieds leur pieuse largesse ,
Soumirent leur raison et leur cœur à sa loi.
 O roi des rois , notre souverain maître :
 Dieu tout puissant , qui règne dans les cieux ,
 Faible , mortel , pour nous tu voulus naître ;
 Nous t'adorons comme ces rois pieux.

      En offrant l'or , ils reconnaissent
      D'un roi la souveraineté.
      Et , par leur encens , ils confessent
      De ce roi la divinité.
      Enfin , à la nature humaine
      Par la myrrhe ils rendent honneur ;
Dans les secrets du ciel que ta sagesse est vaine !
O monde , tu ne peux enseigner que l'erreur.
 O Roi des rois , notre souverain maître ,
 Dieu tout puissant, qui regnes dans les cieux ,
 Faible , mortel , pour nous tu voulus naître ;
 Nous t'adorons comme ces rois pieux.

      Eclaire-moi de ta lumière ,
      Enseigne-moi ta vérité :
      Mets sur ma lèvre la prière ,
      Et dans mon cœur la sainteté.
      Qu'en tout , mon âme généreuse
      Te rende grâce de tes dons ;
Qu'en suivant de la foi la route lumineuse
J'arrive au ciel , ou tous ici bas nous tendons.
 O Roi des rois , notre souverain maître ,
 Dieu tout puissant, qui regnes dans les cieux ,
 Faible , mortel , pour nous tu voulus naître ;
 Nous t'adorons comme ces rois pieux.

FÊTE DU SAINT NOM DE JÉSUS.

Nom de Jésus,
Nom tout aimable,
Nom de Jésus,
Nom adorable,
Nom de Jésus,
Nom secourable,
Tous les bienfaits que nous avons reçus
Elèvent jusqu'au Ciel le saint nom de Jésus.

Tout genou sur la terre,
Tout genou dans le ciel, à ce nom doit fléchir :
Et dans les lieux d'éternelle colère
A ce seul nom tout esprit doit frémir.
Pour toi, pécheur, c'est un nom d'espérance,
Ouvre ton cœur au répentir :
Ce nom doit inspirer beaucoup de confiance ;
De pureté, ce nom pourra te revêtir.

Nom de Jésus,
Nom tout aimable,
Nom de Jésus,
Nom adorable,
Nom de Jésus,
Nom secourable,
Tout les bienfaits que nous avons reçus
Elèvent jusqu'au Ciel le saint nom de Jésus.

Tous enfants de colère,
Nous étions pour toujours déshérités des cieux. ;

Et du Seigneur la justice sévère
Mettait toujours nos crimes sous ses yeux.
O nom sacré, voyant notre disgrâce,
Tu réformas ce triste arrêt ;
Où le crime abondait tu fis couler la grâce,
Les cieux nous sont ouverts, Dieu change son décret.

Nom de Jésus,
Nom tout aimable,
Nom de Jésus,
Nom adorable,
Nom de Jésus,
Nom secourable,
Tous les bienfaits que nous avons reçus
Exaltent jusqu'au ciel le saint nom de Jésus.

Sous le ciel, dans ce monde,
Ils n'est pas d'autre nom que ce nom tout divin
Pour effacer ma blessure profonde,
Et me donner un glorieux destin.
Nom de Jésus, ah ! je puis bien le dire,
En toi, je mets tout mon espoir ;
Tu seras dans mon cœur, tu seras sur ma lyre ;
T'aimer et te bénir, pour moi, c'est un devoir.

Nom de Jésus,
Nom tout aimable,
Nom de Jésus,
Nom adorable,
Nom de Jésus,
Nom secourable,
Tous les bienfaits que nous avons reçus
Exaltent jusqu'au ciel le saint nom de Jésus.

Fête de la Présentation de Notre-Seigneur et de la Purification de la Sainte Vierge.

Cieux et terre, admirez : un Dieu se fait victime ;
Le grand législateur se soumet à la loi :
Le rédempteur venu pour expier mon crime
Est racheté lui-même : ainsi le dit ma foi.

 Suivons Jésus quand il s'immole ,
 Imitons son humilité ,
 Ecoutons , pratiquons sa divine parole ,
 Il est la voie , il est la vérité.

Je la vois s'avancer sa Mère vierge pure ,
Elle tient sur ses bras Jésus divin agneau :
Elle est un temple saint , sans tâche et sans souillure,
Cependant elle vient : quel ravissant tableau !

 Suivons Jésus quand il s'immole,
 Imitons son humilité ,
 Ecoutons , pratiquons sa divine parole ,
 Il est la vie, il est la vérité.

Et sur un même autel trois victimes s'immolent :
Une vierge sans tâche immole son honneur :
Jésus, son corps : vieillard, que tous ces faits consolent,
Immoler tes vieux jours , tu l'appelles bonheur.

 Suivons Jésus quand il s'immole ,
 Imitons son humilité ,
 Ecoutons , pratiquons sa divine parole ,
 Il est la voie , il est la vérité.

Un glaive de douleur transpercera ton âme ;
O Marie , aujourd'hui te le dit l'Esprit saint :
Car , plus tard , tu verras sur une croix infâme
Ton fils mourir : ce bois de son sang sera teint.

  Suivons Jésus quand il s'immole ,
  Imitons son humilité ,
  Ecoutons , pratiquons sa divine parole ,
  Il est la vie , il est la vérité.

Ce même fils sera , dit la bouche divine ,
Parmi ceux que son sang est venu racheter ,
En butte à leurs mépris ; aux uns une ruine ,
Une gloire pour ceux qui voudront l'imiter.

  Suivons Jésus quand il s'immole ,
  Imitons son humilité ,
  Ecoutons , pratiquons sa divine parole ,
  Il est la voie , il est la vérité.

Jésus , soyez pour nous une source de vie :
Pour vous suivre partout , nous voulons tout quitter,
Et puisque votre amour pour nous vous sacrifie ,
De toutes ces bontés nous voulons profiter.

  Suivons Jésus quand il s'immole ,
  Imitons son humilité ,
  Ecoutons , pratiquons sa divine parole ,
  Il est la vie , il est la vérité.

HYMNE A LA CROIX.

Signe de victoire ,
Etendard de gloire ,
Croix de mon Sauveur ,
L'univers t'adore ;
Par toi brille l'aurore
De mon bonheur.

Mourir sur une croix, Oh ! quel supplice infâme !
Avait dit jusqu'alors le monde en vérité :
Le crime, à ce supplice, y flétrissait toute âme
   Qui l'avait mérité.
Mais l'innocent agneau, pour que le ciel propice
Désarmât son courroux, sur ce lit de douleur,
Martyr, vint consommer un noble sacrifice :
   Dès lors , quelle splendeur !

Signe de victoire ,
Etendard de gloire ,
Croix de mon Sauveur ,
L'univers t'adore ;
Par toi brille l'aurore
De mon bonheur.

Ce bois humiliant de lumière rayonne :
C'est un trône éclatant où se révèle un roi :
Ce bois a des trésors, à nous tous il les donne ;
   Au monde il fait la loi.
Il va dès lors monter sur les têtes royales :
Le guerrier le mettra sur tous ses étendards ,

Sur tous les points du globe , ô croix , tu te signales,
Tu charmes nos regards.

> Signe de victoire ,
> Etendard de gloire ,
> Croix de mon Sauveur :
> L'univers t'adore ;
> Par toi brille l'aurore
> De mon bonheur.

Le faux sage, en voyant ce mystère de vie ,
Abaissant la hauteur du ciel à son niveau ,
Versera le mépris , il dira : c'est folie ,
Ce spectacle si beau !
Dans une égale erreur , l'orgueilleux déicide
Ne voyant pas venir son beau rêve d'orgueil ,
L'appellera scandale et sa croyance aride ,
Lui servira d'écueil.

> Signe de victoire ,
> Etendard de gloire ,
> Croix de mon Sauveur,
> L'univers t'adore ;
> Par toi brille l'aurore
> De mon bonheur.

Mais nous peuple de foi, nous que le jour éclaire ,
Nous qui nous élevons à la hauteur des cieux ,
Nous élus du Seigneur , quoi ! pourrait-il nous plaire
Ce langage odieux ?
Non , la croix de Jésus est de Dieu la sagesse ,
La vertu de son bras , l'effort de son amour :
Nous aimons à le dire et le dirons sans cesse ,
Toujours de jour en jour.

Signe de victoire ,
Etendard de gloire ,
Croix de mon Sauveur ,
L'univers l'adore ;
Par toi brille l'aurore
De mon bonheur.

POUR LE JOUR DES RAMEAUX.

Fais retentir ton hosanna de gloire ,
Pousse tous tes cris de victoire ,
Car parmi toi , Sion , le fils de l'Eternel
S'avance d'un pas solennel.
Au nom du tout puissant , dans Solyme il arrive :
Fleuves , portez son nom de l'une à l'autre rive :
Chante Jésus , heureux mortel.

Que vois-je ? à mes yeux se déroule
Un théâtre sanglant !
Ce même peuple et cette même foule ,
Autour de Jésus frémissant ,
Change bientôt ces cris de fête
En cris d'horreur !
Il appelle la mort sur l'innocente tête
Du Sauveur !

Fais retentir ton hosanna de gloire ,
Pousse tous tes cris de victoire ,
Car parmi toi , Sion , le fils de l'éternel
S'avance d'un pas solennel.
Au nom du tout-puissant , dans Solyme il arrive :

Fleuves , portez , son nom de l'une à l'autre rive :
Chante Jésus , heureux mortel.

Connaissant ce qu'on lui prépare ,
Pourquoi Jésus vient-il?
Il le sait bien , un temps très court sépare
Ce triomphe d'un grand péril.
Pourquoi cette vive allégresse ?
O mon Sauveur ,
Repoussez loin de vous , en proie à la tristesse ,
Cet honneur.

Fais retentir ton hosanna de gloire ,
Pousse tous tes cris de victoire ,
Car parmi toi , Sion , le Fils de l'Eternel
S'avance d'un pas solennel.
Au nom du tout puissant dans Solyme il arrive ;
Fleuves , portez son nom de l'une à l'autre rive :
Chante Jésus , heureux mortel.

Ah ! vous m'expliquez ce mystère ;
L'amour m'enseigne tout :
C'est par la croix que votre cœur opère
Mon salut et que Dieu m'absout.
Votre mort est une victoire ;
Et , de mes yeux ,
Je vous y vois courir comme on court à la gloire :
Tout joyeux.

Fais retentir ton hosanna de gloire ,
Pousse tous tes cris de victoire ,
Car parmi toi , Sion , le Fils de l'Eternel
S'avance d'un pas solennel.

Au nom du tout-puissant, dans Solyme il arrive :
Fleuves, portez son nom de l'une à l'autre rive :
Chante Jésus, heureux mortel.

SAINT JOUR DE PAQUES.

Ouvre, Sion, tes célestes portiques,
    Et vois Jésus ressuscité :
    Célèbre dans tes saints cantiques
    De ce jour la solennité.
Honneur, puissance et gloire
Au vainqueur de la mort, au vainqueur des enfers :
    Cette illustre victoire
Renouvelle les cieux et change l'univers.

Le lion de Juda paraissait sans puissance :
La mort semblait l'avoir pour toujours terrassé :
Surpris, on avait vu sa longue défaillance ;
Pourtant, parmi les morts le fort était passé.
    Depuis trois jours, le tombeau le renferme,
    Et ce tombeau, nuit et jour surveillé,
        Ne peut, par aucun stratagème,
        De sa proie être dépouillé.

    Ouvre, Sion, tes célestes portiques,
        Et vois Jésus ressuscité :
        Célèbre dans tes saints cantiques
        De ce jour la solennité.
    Honneur, puissance et gloire
Au vainqueur de la mort, au vainqueur des enfers :

Cette illustre victoire
Renouvelle les cieux et change l'univers.

Mais que vois-je soudain ? quoi ! la terre s'agite !
La main de Dieu l'ébranle et sur son fondement
Cette masse chancèle ! un effort insolite
Pousse un énorme bloc , ouvre le monument !
    Et radieux le lion se réveille :
    C'est mon Sauveur qui quitte son tombeau.
    Quelle vertu ! quelle merveille !
    Non , les cieux n'ont rien de plus beau.

    Ouvre , Sion , tes célestes portiques ,
    Et vois Jésus ressuscité :
    Célèbre dans tes saints cantiques
    De ce jour la solennité.
    Honneur , puissance et gloire
Au vainqueur de la mort , au vainqueur des enfers :
    Cette illustre victoire
Renouvelle les cieux et change l'univers.

Dans le Sépulcre , on voit son vêtement funèbre :
Il le laisse à la mort , il le laisse aux vivants :
Il est de sa victoire une preuve célèbre ;
Tout près , le ciel à mis deux témoins éclatants.
    Ils sont venus de la sphère céleste ,
    Car ils en ont l'éclat , la majesté :
    Leur bouche d'or à tous atteste
    Que Jésus est ressuscité.

    Ouvre , Sion , tes célestes portiques ,
    Et vois Jésus ressuscité :

Célèbre dans tes saints cantiques
De ce jour la solennité.
Honneur, puissance et gloire
Au vainqueur de la mort, au vainqueur des enfers :
Cette illustre victoire
Renouvelle les cieux et change l'univers.

Venez, accourez donc, vous, Apôtres timides,
Qu'on voudrait accuser de l'avoir enlevé !
On ne vous vit jamais près du maître intrépides :
Votre courage enfin s'est-il donc élevé ?

Suivant vos pas, nous désirons nous rendre
A ce tombeau devenu glorieux :
Contrits, nous voulons y descendre
Et ressusciter pour les cieux.

Ouvre, Sion, tes célestes portiques,
Et vois Jésus ressuscité :
Célèbre dans tes saints cantiques
De ce jour la solennité.

Honneur, puissance et gloire
Au vainqueur de la mort, au vainqueur des enfers :
Cette illustre victoire
Renouvelle les cieux et change l'univers.

7

FÊTE DE L'ASCENSION DE N.-S.

Ouvre, Sion, tes célestes portiques,
Vers toi Jésus s'élève triomphant :
Fais retentir tes sublimes cantiques :
Et viens former son cortége éclatant.

  Montez, Dieu de puissance,
  Montez jusqu'au plus haut des cieux :
Vous avez trop long-temps vécu dans la souffrance :
Gloire à Jésus, dites-le, chants pieux.

Depuis quarante jours, de sa nouvelle vie
A la terre Jésus dévoilait les attraits :
Sa sainte mission étant toute accomplie,
Son père veut enfin couronner ses bienfaits :
Il s'avance au milieu des apôtres qu'il aime,
Il gravit avec eux le mont des oliviers,
Les bénit, et porté par sa puissance même,
Il monte vers les cieux, va cueillir ses lauriers.

  Ouvre, Sion, tes célestes portiques,
  Vers toi Jésus s'élève triomphant :
  Fais retentir tes sublimes cantiques,
  Et viens former son cortège éclatant.

  Montez, Dieu de puissance,
  Montez jusqu'au plus haut des cieux :
Vous avez trop long-temps vécu dans la souffrance :
Gloire à Jésus, dites-le, chants pieux.

Les Apôtres ravis de ce nouveau spectacle ,
Contemplèrent long-temps son vol prodigieux ;
Mais un nuage d'or formant son tabernacle ,
Comme un voile , à l'instant , le dérobe à leurs yeux.
Deux messagers divins tout-à-coup descendirent
Auprès d'eux ; leur habit éclatait de blancheur.
L'ordre du dernier jour à la troupe ils apprirent ,
Soit pour les ranimer , ou consoler leur cœur.

Ouvre , Sion , tes célestes portiques ,
Vers toi Jésus s'élève triomphant :
Fais retentir tes sublimes cantiques ,
Et viens former son cortége éclatant.
Montez , Dieu de puissance ,
Montez jusqu'au plus haut des cieux ;
Vous avez trop long-temps vécu dans la souffrance :
Gloire à Jésus , dites-le , chants pieux.

« Pourquoi toujours tenir, vous, berceau de l'Eglise,
« Vos regards élevés ? vous ne pouvez plus voir
« Celui dont la vertu cause votre surprise ,
« Celui qui nous envoie. Oui , vous devez savoir
« Que quand le temps aura fini sa dernière heure ,
« Et que de leurs tombeaux les morts seront sortis ,
« Il viendra visiter encor cette demeure ,
« Pour juger les humains dès lors assujétis.

Ouvre , Sion , tes célestes portiques ,
Vers toi Jésus s'élève triomphant :
Fais retentir tes sublimes cantiques ,
Et viens former son cortége éclatant.
Montez , Dieu de puissance ,
Montez jusqu'au plus haut des cieux ;

Vous avez trop long-temps vécu dans la souffrance :
Gloire à Jésus, dites-le, chants pieux.

Le voilà donc assis à la droite du Père,
Ce Fils qui parmi nous s'était anéanti !
Incliné devant lui, tout le ciel le révère,
Et de son nom déjà le monde a retenti.
Nous voulons de vos pas suivre, ô Jésus, la trace:
Daignez nous soutenir, daignez nous consoler !
Vous nous ouvrez les cieux, préparez notre place,
Et nous pourrons un jour là-haut vous contempler.

Ouvre, Sion, tes célestes portiques,
Vers toi Jésus s'élève triomphant :
Fais retentir tes sublimes cantiques,
Et viens former son cortége éclatant.
Montez, Dieu de puissance,
Montez jusqu'au plus haut des cieux :
Vous avez trop long-temps vécu dans la souffrance :
Gloire à Jésus, dites-le, chants pieux.

FÊTE DE LA PENTECOTE.

Tenons nos cœurs dans le recueillement
Pour avoir part à ce mystère :
L'Esprit divin vient, jusqu'au fondement,
Renouveler la face de la terre.
Ah, le voici l'esprit d'amour !
Je ressens déjà sa présence :
Il m'illumine, il m'embrase en ce jour ;

Et, sous sa divine influence,
Mon cœur est grand et vertueux,
Mon cœur enfin se trouve heureux.

Elevons un temple
A l'esprit divin ;
Que le ciel contemple
Notre heureux destin.
Dans un cœur docile,
Formons son palais ;
Et qu'il soit l'asile
De l'esprit de paix.
Attirons parmi nous l'esprit de l'Evangile.

Depuis dix jours les apôtres priaient
Dans le cénacle, attendant la promesse :
Dans le silence, ils se sanctifiaient ;
Déjà le zèle et les pousse et les presse
L'air ébranlé par un grand vent,
Répand la crainte et la surprise.
Que peut marquer ce brusque mouvement ?
Du ciel quelle est donc l'entreprise ?
Dans les airs des langues de feu
Semblent venir sur ce saint lieu !

Elevons un temple
A l'esprit divin ;
Que le ciel contemple
Notre heureux destin.
Dans un cœur docile,
Formons son palais ;
Et qu'il soit l'asile
De l'esprit de paix.
Attirons parmi nous l'esprit de l'Evangile.

Sur l'assemblée, oh ! quel heureux moment !
Descend du ciel la divine sagesse ;
Du ciel descend le don d'entendement ;
La paraclet répand avec largesse
  Du bon conseil l'activité ,
Les dons de force et de science ;
Il donne à tous l'aimable piété ,
  Il donne la persévérance
Dans la douce crainte de Dieu.
Que de merveilles dans ce lieu !

      Elevons un temple
      A l'esprit divin :
      Que le ciel contemple
      Notre heureux destin.
      Dans un cœur docile ,
      Formons son palais ;
      Que ce cœur soit l'asile
      De l'esprit de paix.
Attirons parmi nous l'esprit de l'Evangile.

  Mais pourquoi donc cet immense concours
  Qui se suspend à la bouche de Pierre ?
  On est ravi d'entendre ses discours ,
  Et la surprise est dans la foule entière !
    Ses accents nouveaux et diserts
    Pleins d'une doctrine sublime ,
    Parlent à tous leur langage divers ,
    Allument un désir intime :
    Les cœurs amenés à la foi
    Embrassent la nouvelle loi.

Elevons un temple
A l'esprit divin ;
Que le ciel contemple
Notre heureux destin.
Dans un cœur docile ,
Formons son palais ;
Que ce cœur soit l'asile
De l'esprit de paix.
Attirons parmi nous l'esprit de l'Evangile.

Esprit divin , dans notre entendement
Qui , sans vos dons , n'est qu'une nuit obscure
Faites descendre un rayon bienfaisant ,
Et soutenez notre faible nature.
Dans notre cœur appesanti
Et pour le ciel trop insensible ,
Formez vos feux ; aussitôt converti
Il sera toujours invincible.
Venez enfin nous consoler ,
Et venez nous renouveler.

Elevons un temple
A l'esprit divin ;
Que le ciel contemple
Notre heureux destin.
Dans un cœur docile ,
Formons son palais ;
Que ce cœur soit l'asile
De l'esprit de paix.
Attirons parmi nous l'esprit de l'Evangile.

FÊTE DE LA TRÈS SAINTE TRINITÉ.

Gloire au Père mon créateur ,
Gloire au Fils mon rédempteur ,
A l'Esprit Saint même honneur , même gloire.
Trois personnes en un seul Dieu ,
De notre foi voilà l'aveu.
Tout siècle l'a chanté , tout siècle doit le croire.
Gloire à Dieu , gloire à Dieu.

Chrétiens , du Père Saint admirons la puissance :
Le monde était jadis dans un chaos immense ,
Et l'univers n'avait ni forme ni beauté :
Aucun être n'avait aucune activité :
Mais le bras du très-haut à qui tout est possible ,
S'étend sur ce cahos : tout ce monde visible
Parait tout embelli ; l'ordre le plus parfait
Règne partout ; partout , l'homme le reconnait.
Et tout esprit , du Père admirant la puissance ,
Fait entendre la voix de sa reconnaissance :

Gloire au Père mon créateur ;
Gloire au Fils mon rédempteur ,
A l'Esprit Saint même honneur , même gloire.
Trois personnes en un seul Dieu ,
De notre foi voilà l'aveu.
Tout siècle l'a chanté , tout siècle doit le croire.
Gloire à Dieu , gloire à Dieu.

Chrétiens , du divin Fils admirons la sagesse :

L'homme déchu s'était plongé dans la détresse ;
Du puissant créateur l'ouvrage était perdu ;
Au cahos primitif le mal l'avait rendu :
Le Fils de l'éternel , dans son amour extrême ,
Pour nous tous , à la mort vint se livrer lui-même ;
Il nous tendit la main et nous fûmes sauvés ;
Du supplice éternel nous fumes préservés.
Que tout esprit , du Fils admirant la sagesse ,
Exalte ses bienfaits , exalte sa tendresse.

Gloire au Père mon créateur ,
Gloire au Fils mon rédempteur ,
Au saint Esprit même honneur , même gloire.
Trois personnes en un seul Dieu ,
De notre foi voilà l'aveu.
Tout siècle l'a chanté , tout siècle doit le croire.
Gloire à Dieu , gloire à Dieu.

Chrétiens , de l'Esprit Saint admirons l'assistance :
De l'homme, pour le bien , se trahit l'impuissance :
Son Esprit , de l'erreur est plongé dans la nuit ,
Et son cœur ne sait point éviter ce qui nuit.
Le divin Paraclet de ses rayons l'éclaire ;
A tout mal son secours nous aide à nous soustraire;
Il agit avec nous , donne de la valeur
A tout acte chrétien que produit notre cœur.
Que de l'esprit divin admirant l'influence ,
Tout homme lui témoigne amour , reconnaissance.

Gloire au Père mon créateur ,
Gloire au Fils mon rédempteur ,
Au Saint-Esprit même honneur , même gloire.

Trois personne en un seul Dieu ,
De notre foi voilà l'aveu.
Tout siècle l'a chanté , tout siècle doit le croire.
Gloire à Dieu , gloire à Dieu.

FÊTE DU TRÈS SAINT SACREMENT.

Brûlez , encens , devant mon divin maître ;
Faites monter vos parfums jusqu'à lui :
Brûle , mon cœur , sache le reconnaître :
C'est un Dieu que nos chants célèbrent aujourd'hui.
Retentissez , hymnes de gloire ,
Et parlez-moi de ses tendres bienfaits.
Dans mon esprit , dans ma mémoire ,
Et dans mon cœur , venez , ô Dieu de paix.

Du ciel il est venu visiter cette terre :
Pour s'approcher de nous , de notre humanité ,
Il a pris la faiblesse ; et le Dieu du tonnerre ,
Devenu faible enfant , choisit la pauvreté.
Sa main toute puissante a guéri les malades ;
Sa doctrine céleste a réformé nos mœurs ;
Sa mort t'a terrassé , péché qui me dégrades ,
Et par sa grâce enfin il ranime nos cœurs.

Brûlez , encens , devant mon divin maître ;
Faites monter vos parfums jusqu'à lui :
Brûle , mon cœur , sache le reconnaître :
C'est un Dieu que nos chants célèbrent aujourd'hui.
Retentissez , hymnes de gloire ,

Et parlez-moi de ses tendres bienfaits.
Dans mon esprit , dans ma mémoire ,
Et dans mon cœur , venez , ô Dieu de paix.

De l'autel , où pour moi chaque jour il s'immole ,
Pour visiter mon âme , il descend dans mon cœur ;
Y fait fructifier sa divine parole ,
Pour moi , germe immortel d'un éternel bonheur.
Il charme mes douleurs , il adoucit mes peines ,
Il dépose dans moi la force du lion :
Il m'aide chaque jour à rompre enfin mes chaînes ,
Et s'unit avec moi d'une étroite union.

Brûlez , encens , devant mon divin maître ,
Faites monter vos parfums jusqu'à lui :
Brûle , mon cœur , sache le reconnaître :
C'est un Dieu que nos chants célèbrent aujourd'hui.
Retentissez , hymnes de gloire ,
Et parlez-moi de ses tendres bienfaits.
Dans mon esprit , dans ma mémoire ,
Et dans mon cœur , venez , ô Dieu de paix.

De son temple, aujourd'hui les mains pleines de grâces,
Il sort pour visiter nos cités , nos maisons :
Et près de nos foyers , ô Jésus , quand tu passes ,
Tu fais naître , ô soleil , les plus belles saisons :
Tes bénédictions font germer la semence
De toutes les vertus ; dans une sainte paix ,
Des fruits de charité tu donnes l'abondance :
Sois avec nous , Jésus , et demeure à jamais.

Brûlez, encens , devant mon divin maître ;
Faites monter vos parfums jusqu'à lui :

Brûle, mon cœur, sache le reconnaître :
C'est un Dieu que nos chants célèbrent aujourd'hui.
Retentissez, hymnes de gloire,
Et parlez-moi de ses tendres bienfaits.
Dans mon esprit, dans ma mémoire,
Et dans mon cœur, venez, ô Dieu de paix.

LE PARDON.

Seigneur, Dieu de miséricorde,
Vous aimez vos enfants :
Que votre bonté nous accorde
Le pardon et la paix : nos cœurs sont repentants.
Apaisez, en ce jour, votre juste colère ;
Arrêtez votre bras vengeur ;
Ne soyez pas un Dieu sévère :
Pardonnez, ô Dieu Sauveur.

L'impiété partout se montre avec audace :
Dans ses sentiers pervers elle entraîne les cœurs :
Elle brave le ciel, le ciel qui la menace :
Elle dévore en paix le fruit de ses erreurs.
Du Seigneur cependant la foudre vengeresse
Est prête à s'allumer :
Les coups qu'il va frapper sur l'âme pécheresse
Doivent nous alarmer.

Seigneur, Dieu de miséricorde,
Vous aimez vos enfants :
Que votre bonté nous accorde

Le pardon et la paix : nos cœurs sont repentants.
Apaisez en ce jour votre juste colère ;
    Arrêtez votre bras vengeur ;
    Ne soyez pas un Dieu sévère ;
    Pardonnez, ô Dieu Sauveur.

Seigneur, à vos autels le fidèle s'incline :
Ecoutez sa prière, accueillez ses soupirs :
Si dans le mal, Seigneur, le cœur méchant s'obstine,
Le juste vers le bien porte tous ses désirs.
S'il vous faut cependant une digne victime,
    Nous pouvons vous l'offrir :
Car votre Fils, Seigneur, pour effacer tout crime,
    A bien voulu mourir.

    Seigneur, Dieu de miséricorde,
    Vous aimez vos enfants :
    Que votre bonté nous accorde
Le pardon et la paix : nos cœurs sont repentants.
Apaisez en ce jour votre juste colère ;
    Arrêtez votre bras vengeur ;
    Ne soyez pas un Dieu sévère ;
    Pardonnez, ô Dieu Sauveur.

Sur ce Fils bien aimé qui sur la croix expire,
Dont le sang innocent est pour nous répandu,
Arrêtez vos regards. Pourriez-vous nous maudire ?
Votre Fils pourrait-il n'être pas entendu ?
Faites grâce, Seigneur, à la terre coupable !
    Convertissez nos cœurs !
Votre bonté pour nous toujours inépuisable
    Sauvera les pécheurs.

Seigneur , Dieu de miséricorde ,
Vous aimez vos enfants :
Que votre bonté nous accorde
Le pardon et la paix : nos cœurs sont repentants.
Apaisez en ce jour votre juste colère ;
Arrêtez votre bras vengeur ;
Ne soyez pas un Dieu sévère ;
Pardonnez , ô Dieu Sauveur.

LA FÊTE DE TOUS LES SAINTS.

Je suis fait pour les cieux ;
Ce beau jour me l'annonce :
Aux plaisirs de ces lieux ,
O Jésus , je renonce.
Aux saints je veux que ma vie et ma mort
Me fassent ressembler et j'obtiendrai leur sort.

Quels torrents de plaisirs dans la cité céleste
Inondent les élus !
Leur bonheur en transports toujours se manifeste ,
Avec eux est Jésus !
Qui pourrait mesurer leur ineffable ivresse ?
Qui pourrait concevoir de leur vive allégresse
Les profondes douceurs ?
L'esprit humain jamais ne pourra donc comprendre,
Ni mon cœur pressentir , ni mon oreille entendre
Ces divines faveurs.

Je suis fait pour les cieux ;
Ce beau jour me l'annonce :

Aux plaisirs de ces lieux ,
O Jésus , je renonce.
Aux saints je veux que ma vie et ma mort
Me fassent ressembler et j'obtiendrai leur sort.

C'est Dieu dont le pouvoir est le pouvoir suprême ,
Qui les rend tous heureux.
Pour tout dire , c'est Dieu qui se donne lui-même
A leur cœur vertueux.
Ils ont donc du bonheur toute la plénitude
D'où pourrait leur venir l'ennui , l'inquiétude ?
Leurs désirs sont remplis.
Dans la sécurité , dans la paix , l'abondance ,
Dans l'amour , dans la gloire et dans la jouissance
Ils sont tous établis.

Je suis fait pour les cieux ;
Ce beau jour me l'annonce :
Aux plaisirs de ces lieux ,
O Jésus , je renonce.
Aux saints je veux que ma vie et ma mort
Me fassent ressembler et j'obtiendrai leur sort.

Là , tous les cœurs unis par l'amour , la concorde ,
Ne s'offensent jamais.
Là , par ses noirs conseils , l'inquiète discorde
N'altère point la paix.
Là haut, point de douleurs, là haut, point de souffrances ,
La crainte ne peut plus troubler leurs espérances ,
Ils n'ont plus de désirs.
Tous les pleurs sont taris , aucun besoin ne presse ,
Les dangers sont passés , chez eux point de tristesse,
Chez eux point de soupirs.

Je suis fait pour les cieux ;
Ce beau jour me l'annonce :
Aux plaisirs de ces lieux ,
O Jésus , je renonce.
Aux saints je veux que ma vie et ma mort
Me fassent ressembler et j'obtiendrai leur sort.

Là haut , point de combats . et la concupiscence
N'a plus son aiguillon.
C'est le règne de Dieu : là , point de violence ,
Là , point de tourbillon.
O vous , qui nous voyez sur la mer orageuse ,
Et qui suivez de l'œil la route périlleuse
Que suit notre vaisseau ,
Daignez guider nos pas , détournez tout orage ,
Préservez-nous des flots , et sauvez du naufrage
Ce timide troupeau !

Je suis fait pour les cieux ;
Ce beau jour me l'annonce :
Aux plaisirs de ces lieux ,
O Jésus , je renonce.
Aux saints je veux que ma vie et ma mort
Me fassent ressembler et j'obtiendrai leur sort.

LA DÉDICACE DES ÉGLISES.

Temple de Sainteté ,
Où mon Jésus habite ,
Où , dans ma pauvreté ,
Son amour me visite ,
Pour moi, séjour délicieux ,
Tu renfermes le roi des cieux.

Là , je reçus une sainte naissance :
Dans le crime conçu , l'anathème du ciel
Avait rompu de Dieu la sublime alliance :
Ce temple à vu mourir ce vice originel.
    Plus tard encor , il m'offrit la piscine
    Qui me lava de toute iniquité.
La pureté partout dans ce temple domine ,
    Et du Seigneur éclate la bonté.
A chanter ces bienfaits ce beau jour nous invite :

Temple de Sainteté ,
Où mon Jésus habite ,
Où , dans ma pauvreté ,
Son amour me visite ,
Pour moi , séjour délicieux ,
Tu renfermes le roi des cieux.

Là , chaque jour , du plus grand sacrifice
Monte au ciel le parfum d'une agréable odeur ;
Qui ferme sous nos pas l'horrible précipice
Où me renverserait la main d'un Dieu vengeur.

Là , bien souvent , la céleste doctrine
Vient à mon cœur s'offrir en aliment ;
Et le verbe fait chair , autre manne divine ,
    Se donne à moi , délicieux moment !
A chanter ces bienfaits ce beau jour nous invite :

            Temple de Sainteté ,
            Où mon Jésus habite ,
            Où , dans ma pauvreté ,
            Son amour me visite ,
            Pour moi , séjour délicieux ,
            Tu renfermes le roi des cieux.

Du Saint-Esprit par une onction sainte ,
Là , j'ai reçu la force et tous ses autres dons ;
Là , le cœur, dans la paix, peut demander sans crainte
Les biens que de la main de Dieu nous attendons.
    Là , Dieu bénit des époux l'alliance :
    Quand de nos jours s'est éteint le flambeau ,
Là , de notre cercueil on bénit l'espérance
    Avant d'aller dormir dans le tombeau.
A chanter ces bienfaits ce beau jour nous invite :

            Temple de Sainteté ,
            Où mon Jésus habite ,
            Où , dans ma pauvreté ,
            Son amour me visite ,
            Pour moi séjour délicieux ,
            Tu renfermes le roi des cieux.

La Sainteté de ce lieu me rappelle
Celle que tout chrétien doit garder dans son cœur.

Le Saint Esprit construit dans toute âme fidèle
Une demeure sainte où descend le bonheur.

   Le corps devient alors une arche sainte ,
   Un paradis , le jardin de l'époux ,
Un temple véritable , une céleste enceinte.

   Or , ce bonheur ne dépend que de nous.
A chanter ces bienfaits ce beau jour nous invite :

      Temple de Sainteté ,
      Où mon Jésus habite ,
      Où , dans ma pauvreté ,
      Son amour me visite ,
      Pour moi , séjour délicieux ,
      Tu renfermes le roi des cieux.

POUR LE TEMPS DE L'AVENT.

      Cieux , ouvrez-vous :
Le juste encor long-temps doit-il se faire attendre ?
      Cieux , ouvrez-vous :
Entendez nos soupirs , laissez enfin descendre
      Le juste parmi nous.

   Comme un mortel , privé de la lumière ,
   Le genre humain , dans son aveuglement ,
   Pour parcourir son obscure carrière ,
   Sent le besoin d'un rayon bienfaisant.
Il le demande au ciel ce rayon salutaire ;
Il comprend qu'il ne peut le trouver ici bas :
Pour dissiper la nuit cet astre est nécessaire ;

Il guérira ses yeux , il guidera ses pas.
Ainsi sa voix se fait entendre :

Cieux , ouvrez-vous :
Le juste encor long-temps doit-il se faire attendre ?
Cieux , ouvrez-vous :
Entendez nos soupirs , laissez enfin descendre
Le juste parmi nous.

Comme un mortel gémissant dans ses chaînes ,
Ayant perdu la douce liberté ,
Le genre humain , sous des lois inhumaines ,
Maudit l'auteur de sa captivité.
Sa voix demande au ciel un Sauveur débonnaire ;
Il comprend qu'il ne peut le trouver ici bas :
Pour briser ses liens Jésus est nécessaire ;
Dans la route du ciel il conduira ses pas.
Ainsi sa voix se fait entendre :

Cieux , ouvrez-vous :
Le juste encor long-temps doit-il se faire attendre ?
Cieux , ouvrez-vous :
Entendez nos soupirs , laissez enfin descendre
Le juste parmi nous.

Comme un mortel sur un lit de souffrance
Et dont le corps a perdu la santé ,
Le genre humain se voit dans l'impuissance
De soulager sa longue infirmité.
Faible , il demande au ciel un secours salutaire.
Il ne peut pas trouver le remède ici bas :

Un médecin céleste est pour lui nécessaire :
Car , sans lui , de ses maux il ne guérirait pas.
Ainsi sa voix se fait entendre :

Cieux , ouvrez-vous :
Le juste encor long-temps doit-il se faire attendre ,
Cieux , ouvrez-vous :
Entendez nos soupirs , laissez enfin descendre
Le juste parmi nous.

JEUNE ET TENTATION DE J.-C.

Rendez victorieux mon bras ,
Dieu , qui faites ma force ;
Assistez-moi dans mes combats ,
Car le démon s'efforce
Et dans le mal de me pousser ,
Et de me renverser.

Jésus , mû par l'esprit , dans le désert s'enfonce :
Pendant quarante jours à manger il renonce :
Cependant de la faim éprouvant la rigueur ,
Il laisse auprès de lui venir le tentateur.
Es-tu , lui dit satan , Fils de l'Etre suprême ?
Dis donc à ce rocher de se changer en pain.
Il est écrit , satan , dit la sagesse même ,
Que du pain seulement ne vit pas l'être humain ;
Mais que , comme aliment , la divine parole
Peut suffire à son cœur quand elle le console.

Rendez victorieux mon bras ,
Dieu , qui faites ma force ;
Assistez-moi dans mes combats ,
Car le démon s'efforce
Et dans le mal de me pousser ,
Et de me renverser.

Alors du temple saint porté sur le pinacle ,
Dans la ville satan met Jésus en spectacle.
Es-tu le fils de Dieu , dit cet esprit trompeur ?
Jette ton corps en bas ; car de cette hauteur ,
Les anges porteront en leurs mains ta personne ,
Pour que rien ne t'offense en ton libre chemin :
Dieu , dit le livre saint , à leur zèle l'ordonne.
Ne tente pas ton Dieu , dit l'oracle divin ;
Ainsi parla Jésus , confondant sa malice ,
Et de ses faux discours détruisant l'artifice.

Rendez victorieux mon bras ,
Dieu , qui faites ma force ,
Assistez-moi dans mes combats ;
Car le démon s'efforce
Et dans le mal de me pousser ,
Et de me renverser.

Le transportant enfin au haut d'une montagne
Qui dominait au loin la plaine et la campagne ,
Le démon sous ses yeux de ce vaste univers
Lui déroula la gloire et ses titres divers :
Donne de ton respect un éclatant hommage ,
Te courbant à mes pieds , soumis , adore-moi :
Et ce monde sera ton brillant apanage ,

Et passant dans tes mains , il sera tout à toi.
Retire-toi, Satan , il est écrit encore :
On ne sert que Dieu seul et Dieu seul on adore.

Rendez victorieux mon bras ,
Dieu , qui faites ma force ,
Assistez-moi dans mes combats ;
Car le démon s'efforce
Et dans le mal de me pousser ,
Et de me renverser.

L'HYMNE EUCHARISTIQUE.

Sion , célèbre ton Sauveur ,
Ton Dieu , ton chef et ton pasteur :
Que dans tes murs et tes portiques
Retentissent tes saints cantiques.
En ce beau jour , que tes efforts
Egalent tes joyeux transports ;
Car aurais-tu le luth des anges ,
Jamais tes accents , tes louanges
N'élèveront tes sentimens
Au sublime objet de tes chants.

A tous tes concerts d'harmonie ,
Le pain vivant , le pain de vie
Daigne aujourd'hui se proposer.
On vit Jésus le diviser ,

Par le plus touchant des mystères ,
Entre douze amis , douze frères.
Que ton cœur soit plein de concerts ;
Que ta voix remplisse les airs ;
Que tout dise ton allégresse ;
Que tout exhale ta tendresse.

Ce jour est un jour solennel :
Il rappelle sur quel autel
Jésus célébra ce mystère
Que notre foi chante et révère.
A ce banquet du nouveau roi ,
Le rit de la nouvelle loi
Vint terminer la Pâque antique.
Le nouvel ordre évangélique ,
Cet ordre de la vérité ,
Chasse l'ombre et l'antiquité.

Le grand jour chasse les ténèbres :
Jésus , de ses actes célèbres ,
Voulut qu'aux siècles à venir
On rappelât le souvenir.
Instruits par ses divins préceptes ,
Nous ses disciples , ses adeptes ,
Nous consacrons le pain , le vin ,
Les changeant en son corps divin.
Et du chrétien la foi docile
Doit croire , selon l'Evangile ,
Qu'un mystérieux changement
S'opère en ce double élément.

Ce dogme parait te surprendre !
Ce que l'esprit ne peut comprendre ,

Ta foi, chrétien, doit l'affirmer :
Tu ne dois de rien t'alarmer.
Sous de diverses apparences ,
Alors qu'ont cessé les substances,
Se cache une réalité
Pleine , pour nous d'utilité.
La chair devient ma nourriture ,
Et le sang une boisson pure :
Mais sous l'un et l'autre accident
Jésus se trouve entièrement.

Aucun fragment ne le divise ;
En le coupant, rien ne le brise :
L'espèce on peut multiplier ,
Mais Jésus est toujours entier.
La part d'un seul , la part totale ,
A celle de mille est égale :
Tous à la source vont puiser ,
Sans pouvoir jamais l'épuiser.
Les bons cet aliment savourent ,
Et les méchans de même accourent :
Différent pourtant est leur sort :
On y boit la vie ou la mort.

Si tes yeux voient briser l'espèce ,
Soutiens alors avec hardiesse
Que tout petit fragment retient
Ce que le plus grand Tout contient.
Le signe admet seul la fracture :
Ce qu'il renferme , en sa nature,
Ou dans son état, n'est changé ,
Ni retréci , ni partagé.

Le pain de l'ange qui l'adore
A nous mortels se donne encore :
Des enfans la propriété ,
Aux chiens doit-il être jeté ?
Dieu l'annonce dans l'Ecriture :
Le fils d'Abraham le figure ;
L'agneau pascal produit ses traits
Et la manne tous ses bienfaits.

O bon pasteur , pain véritable ,
Sois pour nous bon et secourable ;
Nourris , protège tes enfans
Jusques au séjour des vivants.
Rien ne surpasse ta science :
Rien ne surpasse ta puissance ;
Nous sommes ici tes agneaux ,
Tes amis et tes commensaux :
Accorde-nous ton héritage ;
Que nous puissions voir ton visage
Dans ce séjour si fortuné ,
Ouvert à tout prédestiné.

LA CHARITÉ.

Aimable charité ,
Que de tout cœur voudrait bannir la haine ,
Aimable charité ,
Découvre à nos regards ta céleste beauté !
Viens , viens sur nous régner en souveraine ;
Viens parmi nous étendre ton domaine ,
Aimable charité.

O douce charité,
Qui dans nos cœurs veux fixer ta demeure,
O douce charité,
Quel charme suit tes pas ! quelle suavité !
O doux nectar, que je goûte à toute heure,
Console-moi, si dans mes maux je pleure,
O douce charité.

O sainte charité,
Qu'on est heureux sous ton aimable empire !
O sainte charité,
Tu nous fais pressentir l'heureuse éternité !
Je sens déjà que ta beauté m'attire;
Je m'abandonne à ton chaste délire,
O sainte charité.

Céleste charité,
Non, tu n'es pas le produit de la terre ;
Céleste charité,
Ton front des cieux reflète la clarté.
L'homme ici bas te fait toujours la guerre :
Ta main jamais n'allume le tonnerre,
Céleste charité.

Divine charité,
Tu sors du cœur sacré du divin maître;
Divine charité,
L'homme par toi du ciel est adopté.
Heureux qui peut t'aimer et te connaître :
Sans toi, comment devant Dieu comparaître,
Divine charité !

LA MORT.

Cendre et poussière ,
Le temps m'emporte avec rapidité.
Ma vie entière
Décide devant Dieu de mon éternité.

Il faut mourir ! ô terrible sentence !
Je dois mourir ! pour un homme qui pense ,
Que sont , hélas ! les biens et les plaisirs ?
Le prix du ciel , voilà la récompense
Qui de nos cœurs , pendant notre existence ,
Devrait remplir sans cesse les désirs.

Cendre et poussière ,
Le temps m'emporte avec rapidité.
Ma vie entière
Décide , devant Dieu , de mon éternité.

Dans le sépulcre , avant que d'y descendre ,
Pour que la mort ne nous puisse surprendre ,
De notre esprit appliquons les regards :
Vois donc , pécheur , dans quelle pourriture ,
Dans quel néant , dans quelle nuit obscure
Nous descendons et jeunes et vieillards !

Cendre et poussière ,
Le temps m'emporte avec rapidité.
Ma vie entière
Décide , devant Dieu , de mon éternité.

Crâne blanchi , ta vue est effrayante !
Du dernier jour la trompette éclatante
Ranimera tes ossemens poudreux :
En rallumant le flambeau de la vie
Qu'avait éteint par ruse et par envie
Le noir serpent : ô péché désastreux !

Cendre et poussière ,
Le temps m'emporte avec rapidité.
Ma vie entière
Décide , devant Dieu , de mon éternité.

Qu'est donc la vie ? une fleur éphémère :
La faux du temps la coupe : elle s'altère.
Je descendrai dans l'urne de la mort ;
Je passerai comme passe un nuage ,
Comme un éclair au milieu d'un orage ,
De tout mortel ici tel est le sort.

Cendre et poussière ,
Le temps m'emporte avec rapidité.
Ma vie entière
Décide, devant Dieu , de mon éternité.

Oui , je mourrai ; car tout me le rappelle ;
Mes jours s'en vont, et le temps sur son aîle
Me les emporte avec rapidité.
Bientôt des vers je serai la pâture ;
Bientôt des morts je prendrai la figure ;
Bientôt , j'irai dans mon éternité.

Cendre et poussière,
Le temps m'emporte avec rapidité.
Ma vie entière
Décide, devant Dieu, de mon éternité.

LE JUGEMENT.

Juge suprême, hélas ! faible roseau ,
Il faut donc qu'à tes pieds j'apporte de ma vie
Le terrible fardeau !
Tu n'auras plus alors ta clémence infinie ;
Tu seras rigoureux au delà du tombeau.

La main de Dieu de mes ans fait l'histoire :
Son œil voit tout : un jour, je dois le croire ,
Tout mon passé , le bien comme le mal ,
Sera pesé dans sa juste balance :
De là suivra ma dernière sentence.
Qui pense, hélas , à ce grand tribunal ?
Et du péché qui sent le poids immense ?

Juge suprême , hélas ! faible roseau ,
Il faut donc , qu'à tes pieds , j'apporte de ma vie
Le terrible fardeau !
Tu n'auras plus alors ta clémence infinie ;
Tu seras rigoureux au-delà du tombeau.

Placé devant sa divine présence,
Dieu scrutera toute ma conscience.

Rien ne pourra se soustraire à ses yeux :
La nuit n'aura plus de ténèbres sombres,
Et l'œil de Dieu dissipera les ombres.
Dans nous alors, quels débris, quels décombres,
Qui recouvraient nos crimes odieux.

Juge suprême, hélas ! faible roseau,
Il faut donc, qu'à tes pieds, j'apporte de ma vie
Le terrible fardeau !
Tu n'auras plus alors ta clémence infinie ;
Tu seras rigoureux au-delà du tombeau.

Nous n'aurons plus de frivoles excuses,
Plus de détours et plus d'habiles ruses.
L'iniquité n'osera donc parler !
Comment, hélas ! pourrait-on se défendre
Devant un Dieu qui seul peut tout comprendre,
Et qui peut tout à nos yeux dérouler ?
Pécheur, à quoi devras-tu donc t'attendre ?

Juge suprême, hélas ! faible roseau,
Il faut donc, qu'à tes pieds, j'apporte de ma vie
Le terrible fardeau !
Tu n'auras plus alors ta clémence infinie ;
Tu seras rigoureux au-delà du tombeau.

Si toutefois le crime osait répondre,
Le divin juge, alors pour le confondre,
Ferait parler comme autant de témoins
L'ange pleurant sur notre ingratitude,
Satan tout fier de notre servitude,
Et tout ce qui servait à nos besoins.
Quelle effrayante et dure certitude !

Juge suprême , hélas ! faible roseau ,
Il faut donc , qu'à tes pieds , j'apporte de ma vie
Le terrible fardeau !
Tu n'auras plus alors ta clémence infinie ;
Tu seras rigoureux au-delà du tombeau.

L'ENFER.

Qui te comprend , ô tourment éternel !
Qui peut savoir tout ce qu'un damné souffre ?
Préservez-moi , Dieu , de ce sort cruel ;
Et fermez sous mes pas ce détestable gouffre.
C'est pour les cieux que je suis immortel.

De tout crime l'enfer est le plus digne asile :
La justice du ciel en châtiments fertile
Tourmente le pécheur :
Elle allume le feu : la céleste vengeance
Abreuve du damné l'éternelle existence
Du fiel de sa rigueur.

Qui te comprend , ô tourment éternel ?
Qui peut savoir tout ce qu'un damné souffre ?
Préservez-moi , Dieu , de ce sort cruel ;
Et fermez sous mes pas ce détestable gouffre.
C'est pour les cieux que je suis immortel.

Quels cris de désespoir ! quelle impuissante rage !
Quel désordre effrayant ! là , sur chaque visage
S'exprime la fureur.

Je vois un ver rongeur , un feu qui les dévore ,
Satan qui les torture , et je ne vois encore
  Qu'une ombre de douleur !

  Qui te comprend , ô tourment éternel ?
  Qui peut savoir tout ce qu'un damné souffre ?
  Préservez-moi , Dieu , de ce sort cruel ;
Et fermez sous mes pas ce détestable gouffre.
  C'est pour les cieux que je suis immortel.

La douceur de la paix est de ce lieu bannie ;
La paix n'habite point où règne l'infâmie.
  Qu'entends-je ? quelle horreur !
Le damné plein de haine, au ciel, contre Dieu même,
Fait monter le sarcasme , il lance le blasphême,
  Il maudit son auteur.

  Qui te comprend , ô tourment éternel?
  Qui peut savoir tout ce qu'un damné souffre ?
  Préservez-moi , Dieu , de ce sort cruel ;
Et fermez sous mes pas ce détestable gouffre.
  C'est pour les cieux que je suis immortel.

Aussi, Dieu , dont la vue efface les souffrances ,
Dieu , qui dans les élus verse les jouissances ,
  Leur cache sa splendeur.
D'une profonde nuit les livrant aux ténèbres ,
Il les tient enchaînés dans leurs cachots funèbres ;
  Oh ! quel affreux malheur !

  Qui te comprend , ô tourment éternel ?
  Qui peut savoir tout ce qu'un damné souffre ?

Préservez-moi , Dieu , de ce sort cruel ;
Et fermez sous mes pas ce détestable gouffre.
C'est pour les cieux que je suis immortel.

LE PARADIS.

Le ciel , voilà la récompense
De tout cœur vertueux.
Voir Dieu , le posséder , oh ! quel bonheur immense !
Que le ciel rend heureux !
Travaille donc , chrétien , avec persévérance ,
Et le Seigneur sera ta noble récompense.

Le juste , après avoir achevé ses travaux ,
S'endort dans le Seigneur. En quittant cette terre ,
Il quitte de l'exil les innombrables maux :
L'heure de son trépas met fin à toute guerre ;
Il monte vers les cieux , rayonnant de splendeurs ;
Il marche vers la gloire ;
Pour prix de sa victoire ,
Il va du Dieu du ciel recueillir les faveurs.

Le ciel , voilà la récompense
De tout cœur vertueux.
Voir Dieu, le posséder, oh! quel bonheur immense !
Que le ciel rend heureux !
Travaille donc , chrétien , avec persévérance ,
Et le Seigneur sera ta noble récompense.

Que la terre est petite à qui la voit des cieux !
Que ce qu'elle a de beau lui paraît méprisable !
Quand Dieu, dans sa beauté, se découvre à nos yeux,
L'univers ne peut rien offrir de comparable :
Tout pâlit, tout s'éclipse ; ici bas, le bonheur
      N'est qu'une ombre légère,
      Une ombre mensongère ;
Du vrai bien, dans le ciel, le juste est possesseur.

    Le ciel, voilà la récompense
      De tout cœur vertueux.
Voir Dieu, le posséder, oh ! quel bonheur immense!
      Que le ciel rend heureux !
Travaille donc, chrétien, avec persévérance,
Et le Seigneur sera ta noble récompense.

Qui pourrait mettre un terme à sa félicité ?
Qui pourrait la troubler ? une éternelle ivresse
Versera dans son cœur la sainte volupté.
Transports délicieux, plaisirs purs, allégresse,
Douce paix, les voilà, les biens dont le Seigneur
      Dans le ciel, sans mesure,
      Remplit une âme pure :
Qui pourrait de ces biens sonder la profondeur ?

    Le ciel, voilà la récompense
      De tout cœur vertueux.
Voir Dieu, le posséder, oh ! quel bonheur immense!
      Que le ciel rend heureux !
Travaille donc, chrétien, avec persévérance,
Et le Seigneur sera ta noble récompense.

Et ce bonheur divin ne tarira jamais !
Et je puis ici bas par quelques sacrifices
Acheter ces faveurs , ces dons , et ces bienfaits !
Seigneur qui m'appelez , agréez mes services ;
Je veux vivre et mourir dans votre saint amour ;
   Exaucez ma prière :
   Qu'à mon heure dernière ,
Je puisse m'envoler au bienheureux séjour !

   Le ciel , voilà la récompense
   De tout cœur vertueux.
Voir Dieu , le posséder , oh ! quel bonheur immense !
   Que le ciel rend heureux !
Je veux donc travailler avec persévérance ,
Et le Seigneur , un jour , sera ma récompense.

LE PÉCHÉ.

  O péché détestable ,
  Contre un Dieu tout aimable .
  Tu pousses notre cœur.
  Ta coupable malice
  Attire le supplice
  D'un éternel malheur.

Dieu qui nous a comblés des dons de l'existence ,
Dont la main nous soutient sur les bords du néant ,
Dieu , qui sur la nature exerce sa puissance ,
Que la terre et les cieux proclament tout puissant ,
Dit à l'homme qu'il veut élever à la gloire :

Obéis à ma voix, et suis mes volontés ;
Et l'homme ingrat, hélas ! se promet la victoire
En luttant contre Dieu par ses iniquités.

O péché détestable,
Contre un Dieu tout aimable
Tu pousses notre cœur.
Ta coupable malice
Attire le supplice
D'un éternel malheur.

Le remords cependant pénètre dans son âme ;
Il poursuit le coupable, il attriste ses jours,
Lui montre de l'enfer la dévorante flamme,
Et de son aiguillon il le presse toujours.
De quelle paix, hélas ! peut-il goûter l'ivresse ?
La voix de son péché s'élève autour de lui :
Sur lui le ciel étend une main vengeresse,
Et l'abreuve à longs traits d'amertume et d'ennui.

O péché détestable,
Contre un Dieu tout aimable
Tu pousses notre cœur.
Ta coupable malice
Attire le supplice
D'un éternel malheur.

Tu dégrades ton âme, et la céleste grâce,
Malheureux, t'abandonne aux viles passions !
Tu perds le ciel, hélas, pour un plaisir qui passe !
Pécheur, tels sont les fruits de tes rebellions.
Sera-ce donc en vain que sur un bois infâme

9

Le Sauveur en mourant t'a prouvé son amour ?
Ah ! pécheur , si Jésus pour racheter ton âme
A répandu son sang , il attend ton retour.

> O péche détestable ,
> Contre un Dieu tout aimable
> Tu pousses notre cœur.
> Ta coupable malice
> Attire le supplice
> D'un éternel malheur.

Par ton crime , vois-le , pécheur incorrigible ,
Tu places de nouveau ton Sauveur sur la croix :
Tu l'accables , cruel , dans ton cœur insensible ,
D'opprobres , de tourments. Ingrat , autant de fois
Que du péché tu suis la séduisante amorce ,
Autant de fois , hélas ! tu lui blesses le cœur :
Ah ! cesse cette lutte et réserve ta force
A combattre l'enfer et le monde trompeur.

> O péché détestable ,
> Contre un Dieu tout aimable
> Tu pousses notre cœur.
> Dieu , changez ma malice
> Et montrez-vous propice
> Au cri de ma douleur.

LE SALUT.

Seigneur , que ta main me protège ;
Ma vie ici bas n'est qu'un piége ;
   Il faut cependant se sauver.
Que ta bonté me soit propice !
Daigne , Seigneur , du précipice
Daigne , mon Dieu , me préserver.

Le monde à ses plaisirs et m'invite et m'entraîne ;
Il veut à tout instant me charger de sa chaîne ;
Me dit : la vie est courte , il faut donc en jouir ;
Sous tes pas j'étendrai des fleurs toujours nouvelles.
Non , me dit le salut , ses biens sont infidèles ;
Avec toi , tu le sais , le monde doit finir.

   Seigneur , que ta main me protège ;
   Ma vie ici bas n'est qu'un piége ;
      Il faut toutefois se sauver.
   Que ta grâce me soit propice !
   Daigne , Seigneur , du précipice
   Daigne , mon Dieu , me préserver.

De quoi me servirait de conquérir le monde ,
Dit du livre divin la maxime profonde ,
   Si je compromettais mon glorieux destin ?

Est-ce l'or ou l'argent qui rachettent notre âme ?
Il faut , pour se sauver , qu'une céleste flamme
Allume dans nos cœurs l'amour du Séraphin.

Mon Dieu , que ta main me protège ;
Ma vie ici bas n'est qu'un piége ;
Je dois néanmoins me sauver.
Que ta grâce me soit propice !
Daigne , Seigneur , du précipice
Daigne toujours me préserver.

Le démon bien souvent me tente et me caresse ;
De me livrer à lui constamment il me presse ;
A ma vertu partout il livre quelque assaut.
Mais le salut me dit : résiste avec courage
Il faut gagner ici le céleste héritage :
Il faut vaincre l'enfer, aidé par le Très-Haut.

Mon Dieu , que ta main me protège ;
Ma vie ici bas n'est qu'un piége ;
Il faut cependant se sauver.
Que ta bonté me soit propice !
Daigne , Seigneur , du précipice
Daigne toujours me préserver.

Mon propre cœur aussi me suscite la guerre ,
Il porte mes amours bien souvent vers la terre ,
Et me fait oublier ma glorieuse fin.
Mais le salut me dit : rappelle à ta mémoire
Qu'il faut par la vertu t'élever à la gloire ,
Et par degré monter au séjour tout divin.

Mon Dieu , que ta main me protège ;
Ma vie ici bas n'est qu'un piége ;
Il faut néanmoins se sauver :
Que ta grâce me soit propice !
Daigne , Seigneur , du précipice
Daigne toujours me préserver.

FIN.

Typographie Offray aîné.

TABLE.

Fin de la Table.

www.ingramcontent.com/pod-product-compliance
Lightning Source LLC
Chambersburg PA
CBHW051954050726
47504CB00017B/1311